JN213044

私の脳を返して

中川　護
Nakagawa Mamoru

文芸社

「生活者」としての視点の欠落

やまぐちクリニック院長　山口研一郎（脳神経外科）

1．はじめに

私が医療事故や過誤に関して相談を受けたり、（裁判所提出用の）意見書作成依頼を受け始めたのは、今から二十五年前、一九九五年五月の「医療事故調査会」（事務局：医真会八尾総合病院）の結成にさかのぼります。当時、主に脳卒中（脳血管障害）や脳腫瘍に対する開頭手術後亡くなったり、思わぬ障害が残存した人々の御家族からの、入院した病院が行った治療（手術）に関する相談でした。中には入院時既に重症の状態であり、「命が助かったのが奇跡」と思わせる事例も存在しました。

しかし年を追うごとに、入院時「歩いて来院したのに」「普通に話せてたのに」、術後死亡したり、重度の障害を負う事例が増えてきたのです。

一九八二年に我が国に初めてＭＲＩ（磁気共鳴画像）が導入されたことをきっかけに、

八十年代末より高価な機器の利用頻度を高めようと「脳ドック」を実施する医療機関が出現し、九十年代に入り全国に拡がりました。九二年には、札幌で「第一回日本脳ドック研究会」が開催されました（九六年に、「学会」と名称変更）。私の経験の変化は、脳ドックの普及に関係があったのです。

2. 信じられない、あるいは深刻な事例の相談

（1）術前に顔を合わせる機会を奪われる

ある時、五十代半ばの女性が相談に来ました。夫は六十一歳で、未破裂脳動脈瘤（UAN）を発見され、一九九六年初春に入院の上、一週間後のコイル挿入術が決定されました。ところが、医師たちの都合で、入院翌日に手術が行われたのです。妻は電話連絡を受け、翌朝病院を訪れた時には、手術のため脳血管撮影室に運ばれた後でした。

手術がうまくいけばそれでもよかったのでしょうが、術中、挿入したコイルが動脈瘤から外れ、基幹動脈を閉塞させました。すぐに開頭手術に切り替えるも、結局脳梗塞を生じ、意識不明のまま二週間後に亡くなりました。

妻は、「コイル挿入術」が簡単で安全な治療と思って承諾したものであり（結果的に開

頭手術になるのであれば承諾していなかった)、死亡に至る事態など想像もしていませんでした。ましてや、一度も意識のある本人と会えないまま亡くなるという、心の準備も、今後のことについての相談も、何もできないままのお別れになってしまったのです。

(2) 多くの借金を抱え、住み慣れた自宅も売却

高校教師として三十五年間勤め、退職したばかりの六十一歳・男性。矢張り未破裂の小動脈瘤が発見され、一九九三年晩夏開頭クリッピングを術が施行されました。術後、記憶障害や作話、性格変化など、UANが存在した前頭葉の機能障害特有の症状が残ったのです。

術前、本人も家族も、後遺症の可能性について、病院側より全く聞かされておらず、想像もしていませんでした。本人は、退職後予定していた事業のための契約を業者と交わしていたのですが、そのことを妻には話していませんでした。術後伝えれば事足れりと考えていたのでしょう。

ところが、術後本人に全く記憶がなく、妻も知らないまま時が経ち、約束の日時も過ぎ、相手から多額の違約金を請求されたのです。大きな借金を抱え、加えて術後の後遺症の責

任をめぐり病院側を提訴したことから（地裁で敗訴、高裁に控訴するも敗訴）、裁判費用も捻出しなくてはなりませんでした。

結局、教師時代（妻も塾講師を長年勤める）手に入れたマイホームを手放し、小さなマンションへ移り、介護生活が始まったのです。定年後の夫婦の「夢多き生活」が泡と消えてしまったのでした。

以上は、何十例といただいた相談のうちのほんの一部です。いずれも、長年連れ添ってきた御夫婦の、これまでの生活、これからの人生、そしてお二人の関係が、ある日突然、UANの予防治療（手術）によって根底から覆されたことを表しています。そこには何があるのか。本書の中川絹子さんの例を通して考えてみたいと存じます。

3.「生活者」の視点に立つべき医療

予防治療に限らず、あらゆる医療において、患者さんはその前に、家庭人であり社会人であり、独自の考え方を持って生き抜いてきた一生活人であることを、尊重されなければならないはずです。しかし往々にして、医師は、患者・家族を前にして、そのことをすっかり忘れたり、わざと見ないふりをしたり、全く無視してしまうのです。このことが医療過誤（事故）の一因でもあります。

中川さんの例で考えてみます。絹子さんは当時五十九歳。編み物や刺繍を得意とする女性として過ごしてきました。その作品の手芸が本書の随所に掲載され、絹子さんの和やかで優しく心細やかな人柄を雄弁に物語っています。

一九九八年六月、手術を要しない程度の脳内出血が生じ、急性期治療の経過は良好でした。その後リハビリのために転院した県立病院における精査で発見された多発性のＵＡＮに対して、二カ月後の同年十二月十日にクリッピング術が行われたのです。術後、（小）脳梗塞が生じるなど経過は芳しくなく、翌年一月の知能評価では、「痴呆」との診断でした。

術後の経過（様々な精神・神経症状）や病院側の説明（執刀医との面談は一度きり）に納得がいかない護さんは、二〇〇二年七月に県を相手に提訴しました。その際の病院側の見解は、本人に「うつ病」があったということでした。また、術前にＵＡＮを放置した場合の破裂率や手術の危険性については、説明済みであったとのことでした。一方、術前の説明が絹子さんに対してはほとんどされていないことが判明しました（病院側は、心理的不安を考慮したもので、夫も了解したとする)。

上に述べた三点だけからも、病院側が絹子さんを、「一患者」としてのみ扱い、「生活者」としての視点が皆無であったことを如実に表しています。

そもそも「うつ病」との根拠はどこから来ているのでしょうか。術後にやる気を無くしたり、リハビリに消極的である患者さんに対し、病院側がそのようなレッテルを張ることはよくあります。「やる気がない」→「元々からそういう傾向があった」との決め付けです。しかし、術前、絹子さんが一家の主婦であり母として、特に編み物などに励んでいた姿からは全く想像できません。

UANを放置した場合の危険性と手術をした場合の危険性を量りにかける。その二点のみで、その後の人生を選択する。昨今の二者択一式の試験回答術の矛盾が、このようなところにも出てしまっていたようです。絹子さんにとって、それまで様々な人生があったように、残された三〇年間もまた多様であったはずです。何も二者のうちどちらを選択するかといった単純なものではなかったはずです。

何よりも、絹子さんの六〇年近くの人生(UANは生まれた時から存在し、少しずつ大きくなっていく)の間破裂しなかったUANが、どうして「今夜破裂するかも知れない、明日かも知れない」（本書一六八頁）ということになるのでしょう。この事実だけからも、絹子さんのこれまでの人生が全く無視されていると言わざるを得ません。

そして何よりも問題なのは、今後の人生の選択（手術を受けるか否か）に関して、絹子さんの判断が全くと言っていいほど考慮されなかったことです。精神的配慮は大切ですが、検査から手術まで二カ月間がありました。その間、様々な観点から話題を投げかけ、手術に関する知識を持ってもらうことも可能でした。その結果絹子さんなりの「心の準備」ができてきたはずです。

私がかつて、『脳ドックは安全か―予防的手術の現状』（小学館）で、予防手術に対し問題を投げかけたのは一九九九年七月であり、絹子さんの手術の五カ月前でした。出版直前の同年六月末の第八回日本脳ドック学会（大阪）において、私は演題発表「予防的外科治療により不幸な転帰を来した患者・家族の心情と実情に関するアンケート調査」を行い、予防手術について警告し、本の出版を予告しました。それを受けて、学会会長の太田富雄大阪医科大学脳神経外科教授（故人）が、「脳ドックは安全か、が今学会の共通課題になりました」と締めくくるほどでした。執刀医はこうしたエピソードを絹子さんへ提供することも可能だったはずです。

私は、予防手術後後遺症を負った方々を数多くみてきましたが、その後の御本人の闘病（リハビリ）意欲は、手術を納得して受けたかどうかにかかっていることを目の当たりにしてきました。「リハビリへの意欲がない」とされる人々の大部分が、「納得のいかない手術」を受けた人たちでした。何の落ち度もないのに交通事故に遭ったり、暴力を受けた人たちと、その心情は共通していました。

絹子さんの事例をみても、彼女が「一生活者」、さらには「人格を有する人間」としていかにみられていなかったかを、つくづく感じ取ることができます。その結果が、「医療事故（過誤）」であり、その後の病院側の本人・家族への不誠実な態度と言えるのではないでしょうか。

4.「高次脳機能障害」に関する認識の重要性

忘れてはならないのは、本書（一一六〜一二〇頁）でも触れておられる「高次脳機能障害」の重要性です。「妻についてもこのわからない障害」と表現されているように、絹子さんや護さんにとって、つかみどころのない、正体不明の症状ということができるでしょう。

従来、日本の医学界はおろか、脳神経外科領域においてさえ、極めて軽視されていたのが、「高次脳機能障害」と呼ばれる器質性（脳に何らかの傷害が生じたことによる）精神障害です。術後同障害が生じても、「生命が助かっただけでも幸い」「食べたり飲んだりできるだけ幸運」として、問題にされていませんでした。「気の病（やまい）」として軽視されてきたのです。しかし、同障害を生じた本人・家族は、「不幸のどん底に突き落とされたような現実」を送っていたのでした。

私が同障害の重要性に気付き、診療を開始し、認知リハビリを始めたのが一九九九年、絹子さんが同障害を生じた年だったのです。当初は同障害を生じた交通事故後の若者が大部分でしたが、二〇〇一年頃より、ＵＡＮのクリッピング術後の方々の相談が複数みられるようになりました。

二〇〇三年六月の第十二回日本脳ドック学会（大阪）において、演題発表「未破裂脳動脈瘤術後、高次脳機能障害をきたした症例の検討」を行い、六一〜七十歳の方四名について報告し、比較的高齢の方への予防手術について警告を発しました。また翌年五月には、『脳受難の時代―現代医学・科学により蹂躙（じゅうりん）される私たちの脳』（御茶の水書房）を出版し、「高次脳機能障害」について世に問うたのです（絹子さんについても、「山村の温泉病院で受けた手術」と題し、二十数ページにわたり紹介しました）。同書は、日本脳神経外科学会専門誌でも取り上げられ、予防手術に対しての自覚を全国の脳外科医に促すきっかけになりました。

　あれから二十年、私のクリニックへはこれまで一三〇〇名に及ぶ高次脳機能障害の方々が相談に来られました。交通事故や労災、暴力行為、低酸素脳症、原因は様々ですが、UANの予防手術同様、何らかの人為的行為が同障害の原因となっている場合が多いのです。私は同障害が有する社会的重要性を強調すべく、『高次脳機能障害―医療現場から社会をみる』を、二〇一七年十二月に岩波書店より出版しました。同障害は「世の中の鏡」ともいうべく、現代社会の様々な矛盾を映し出しているような気がします。絹子さんの事例もその代表的一例です。

　中川さん御夫妻の努力の結晶として出版される本書が、多くの方々の目に届き、「脳の予防手術」や「高次脳機能障害」、ひいては現代の医療・医学のあり方にスポットライトを当てる役割を果たしてくれることを願ってやみません。

はじめに

もしも、あなたの奥さんの脳に動脈瘤があることが判明し、それが「今夜破裂するかも知れない、明日かも知れない。手術が必要です」と医師の説明を受けて、落ち着いてこれを受け入れられますか。「手術は待って下さい。止めて下さい」と断ったりできるでしょうか。

平成十年十一月十七日、私の妻絹子は、県立G病院脳外科で精密検査の説明を受けました。このとき、私たちは、導火線に火がついたままの爆弾を抱えたような思いで全身が震えました。

この本は、妻絹子が受けた予防手術と言われる脳動脈瘤クリッピング手術の結果、手術中に小脳に梗塞が発生し、多くの障害を背負ってから二十年間の闘病生活や苦悩を、介護してきた夫である私が書き綴ったものです。

彼女は手術を受ける前に軽度の脳内出血を発病し、療養中のリハビリ訓練では、ス

ポーツ選手になるのかと冷やかされるほど回復していました。その後、急に検査が行われ動脈瘤が見つかり手術を受けました。手術中に小脳に梗塞が発生し、多くの合併症と言われる障害が起き、全く動けない身体になってしまいました。

手術後に受けた医師からの説明では、「この程度の梗塞は、日常生活には全く支障はない」と言われましたが、小脳の梗塞がもたらす多くの機能障害がどれほど悲惨であり、患者本人はもちろん、介護する家族に及ぶ苦悩がいかに大きいかを伝えたいと思います。

私たちの体は、今は健康であっても、いつどんなことが起きるかわかりません。そして、一旦発病すれば、現在の医学がどこまで患者やその家族を救ってくれるか。ひとたび判断を誤れば、一瞬にして障害者となり、生き続けるよりも死を選んだ方がどれだけ救われるかと思うほど、厳しい人生を決定づけることになるのです。

医療過誤が多く発生する現代において、不運にして妻がこの悲惨な事象に陥った平成十年末頃には、まだ、医療過誤という言葉はそれほど多く聞くこともありませんでした。

私は、決して医師を攻撃し、批判することをねらいとしているわけではありません。進んだ近代医療の陰で、過疎化にあえぐ地方の貧しい医療環境の実態や問題点を明らかにして、二度と妻が被ったこのような過ちが起きないことを念じてその顛末をお伝えします。

令和元年八月

中川　護・絹子

私の脳を返して ◆ 目次

独白

145

絹子作品集 189

手編みの思い出

1 セーターの思い出

彼女は手編みが得意ということを知ったのは、昭和三十九年に彼女と知り合って最初の冬を迎えようとしているある日のことでした。当時、私が住む田舎町の鉄道駅に降りた彼女は、自分で編んだ手編みのセーターをプレゼントしてくれました。紙の袋に入れた濃いオレンジ色のセーターは、襟を二重に折り曲げて着るトックリの型で、「ビクター毛糸」と書かれた糸のマークがついていました。私は、それまでセーターといえるものを持つのは、学校を卒業後ある研修所にいた頃、母が送ってくれた機械編みの薄手のものに次いで二度目でした。詳しく言えば、母からの贈り物は、弟妹たちを育てる苦しい家計の中から、他郷で冬を迎えようとしている私に、精一杯の仕送りであることを知っていたので、送られてきたそのセーターをいつも眺めているだけで身につけませんでした。セーターには、そんな貧しい頃の思い出があって、彼女から贈られた高級感のある手編みの本格的なセーターを、どんな思いで受け取ったか、そしてそれをどのように身につけたか、簡単に表現できません。彼女の編んだ濃いオレンジ色のセーターは、身頃と袖に縄目の模様が編み込んであり、若かった私の持ち物の中では最も高級で、一番大切なものでした。よほどのことがないかぎり、私はそのセーターを着ませんでした。そして、仲間が集まる会議や、彼女の住む町に出かけるときにはそれを着て行き、誰かに「手編みだね」と言われるたびに優越感を覚えました。彼女と一緒に暮らすようになってからも、そのセーターを着るときには、一種の緊張感のようなものがありました。セーターはその後、弟から父までもが次々に着て、ほころびを彼女が直し、長く私の郷里の家にありました。

あれから三十年が過ぎ、彼女が編んでくれた手編みのセーターやカーディガンは、今では十数枚にもなり、そのどれをとっても、模様や編み方に技法が凝らしてあり、芸術品といえるほどのものばかりです。彼女の趣味であった編み物は、その作品を多くの友人・知人やその家族にも差し上げていました。

手編みが得意な彼女は、平成十年六月五日、突然、私の目の前で不調を訴え、脳内出血の病魔に襲われました。倒れまいとして壁を支えにしている彼女は、左手から徐々に力が失せ、神経が消えていくのを、後ろから抱きかかえている私ははっきりとわかりました。私は、何故かそのとき一瞬、彼女からもらった最初のオレンジ色のセーターのことを思い出しました。

病院の待合室で、彼女の検査が行われている間も、私は、そのセーターのことばかりを繰り返し思い出していました。

（一九九八年六月六日）

2 毛糸巻き

私たち二人が生活を始めた当時は、一部屋だけのアパートで、日曜日には決まって彼女はよく毛糸巻きをしました。買ったばかりの束になった毛糸を、内側から八角形の車輪のように広げた金具の糸車に掛け、もう一方には、小さくて可愛い巻取機を、テーブルの角にそれぞれ挟むようにして固定するのです。そしてゆっくり回転させると、「ブーン、ブーン」と低い音を立てながら、やがて直径一二センチくらいの毛糸の玉ができるのです。

私は、できあがったその毛糸の玉を、ふざけながら転がしたりすると、「だめよ、編みにくくなるから」と取り上げたりしました。その小さな機械は、歯車のところがプラスチックなので、一度に強く巻くと、ガリガリと音を出してかみ合った歯車が空回りするのです。退屈な私は、早く毛糸巻きが終わればいいと、時々、交代して毛糸巻きを手伝いましたが、力任せに早く回転させようとしても結局うまくできませんでした。これは私たちが若かった三十年も前のことです。

彼女は、彼女の実家に帰ったときも、父を相手に毛糸巻きをしました。彼女の父は、束になった毛糸を両手の腕にかけ、左右に動かしながら、彼女が毛糸を巻き取るスピードに合わせて順次、太い腕から糸を外してやりました。その仕草には優しさが込められているようでした。父が亡くなり、糸巻きの相手を、いつからか私がするようになりました。早すぎたり遅かったりして彼女を悩ませ、それでも日曜日には毛糸巻ききを手伝いました。彼女の趣味としての手編みは、次第に加速度を増すように進みました。友達が出産したからと言っては、赤ちゃんの帽子から上着、ズボン、靴下まで、一夜のうちに編み上げ、「早いね」と言うと、「小さいから」と、編み上げた作品を、丁寧にアイロンがけしていました。

彼女の編み物は、独学だそうです。しかし、それはプロ級だと思います。手編みの速さと作品のすばらしさはもちろんですが、編んでいるときの姿が「美しい」と思うのです。手編みをする彼女の手さばきは、ピアニストが鍵盤を叩くような優美さを感じるのです。彼女が編み始めると、そこから続く毛糸の先につながる毛糸の玉が、踊るように転がり、生き物のように弾むのです。私は、その傍らでいつも本を読んでいました。

平成九年、私たちが郷里に移り十ヶ月が過ぎて庭の菖蒲が咲き出した頃、突然、彼女が病魔に襲われ入院してしまいました。

嫁いだときに持ってきた彼女の古くなったタンスは、今は、郷里の古い家の二階に置いてあって、その片隅に、当時の巻取機もそのまま入っています。すり減ったケースに、「玉巻器」五百八十円の文字がうっすらと残っています。

広い部屋に、毛糸玉だけが置き去りにされています。手編みする彼女の姿も今はなく、玉巻器を使うことも、私の腕で糸を巻くことも、もうできないのかも知れません。

（一九九八年六月七日）

3 母と結び糸

彼女が、私の郷里に初めて来たときの服装は、白いレースのスーツでした。細い糸で細やかな編み目でできたスーツは、すらりとした彼女に大変よく似合っていました。私の弟妹たちと一緒に近くの川に遊びに行って、膝まで水に浸かりながら小魚を追っている小さな古い写真が残っています。その白いスーツの編み目が、何故か印象深く脳裏から離れません。

彼女の母は、岐阜の片田舎の出身で、末っ子だったと聞きました。その母は、いつも絹の糸を結ぶ作業をしていました。彼女は母が絹の糸を結ぶ作業を見て育ったと言っていました。私が、彼女の家を訪ねたときも、彼女の母が糸結びをしているのを見かけました。その絹の糸は、絹織物を造る段階でできる短い糸で、これを繋いで、一本の糸にする作業なのです。一メートルにも足りない切れ端の絹糸を、どんどんつなぎ合わせていくのです。この一本に繋がれた糸は、やがて一枚の生地に織り上げられるのです。一体どれだけ結び目ができるのか、気の遠くなるような根気が必要な作業で、結び目の数は宇宙的な数だと思うくらいです。この糸で織り上げた反物や仕立てた着物を、彼女の母はタンスの中にたくさん大切に保管していたそうです。そのうちの何枚かを、彼女は結婚するときにいただいたそうです。私が持つ一枚きりの着物も、彼女の母が結んだ糸で織り上げた布で仕立てられたものです。その母はすでに亡くなりました。

母譲りといえる彼女の得意な針仕事は、わたしの田舎のお盆には、家族全員の浴衣を仕立て、さらに近所の子供たちの分までも仕立ててあげたりしていました。彼女は、編み物や和裁のほかに、フランス刺繍が得意でした。この刺繍は、若い頃から興味を持ち、名古屋に住むようになってから本格的に学んだのでした。元来、糸を使うことが得意だった彼女は、フランス刺繍も見る見るうちに上達して先生を驚かせました。その後、田舎に住むようになって、木工職人さんと知り合い、ケヤキや栃を材料にした衝立、整理ダンスに、彼女の刺繍が組み込まれ、すばらしい作品が作られるようになりました。

平成十年十二月、器用だった彼女の手は痛ましくも医療過誤によって動かなくなってしまいました。彼女は、動かなくなった手で、時折編み物に挑戦していますが未だに左手は動きません。落胆のあまり「早く母の元にゆきたい」と、彼女は悲痛な思いを訴えます。この彼女の姿が、あまりにも不憫です。彼女のこれから先の道のりは、彼女の母がいつも傍らに置いていた結ぶ前の短く切れた糸のように、また、彼女がたくさん編んできた毛糸や、そして何色もの刺繍糸が一度に絡まって、解きほぐすことができなくなってしまった「糸地獄」のように思えるのです。彼女は、手術中に起きた「小脳梗塞」という最悪の医療ミスによって重い障害を抱え、再び糸を使った作品づくりを手がけることはできないかも知れません。

4 失った平衡感覚

病院から自宅に戻って四、五日が過ぎた日のことです。「今日は調子がいいみたい」とベッドから立ち上がった彼女は、襖や柱に摑まりながら伝い歩きで一、二歩足を運んだとたんに突然大声を上げました。驚いて振り返ると、彼女の体は「バターン」と床に倒れました。私が目をやったときには、彼女の体は、丁度、竹とんぼのプロペラのように、錐もみ状に回転して床に叩きつけられたのです。私は血の気が失せるのがわかりました。

彼女は、移り住んで一年にも満たなく、ようやく田舎暮らしに慣れてきた頃に発病したのです。地元でただ一つの公共医療機関で受けた脳動脈瘤のクリッピング手術中に、小脳に梗塞が起きてしまいました。

平成十年十二月十日の寒い日のことです。手術が終わっても、病院からの手術の経過についての説明が遅れました。「説明したい」という連絡があって、四階ナースセンターの奥の狭い部屋に通されました。

「手術は順調でした」

しかし、彼女の場合、脳を開く前に予想していた血管の状態と、実際とは異なっていたため、クリッピングする場所を探すのに手間取ったというのです。「写真で見るのと現実とは違うことは通常よくあることです」と、彼女の血管の状態をメモ紙に簡単に図示しながら説明されました。

「二本目の血管とばかり思って探していたら、実は三本目でして……。クリップする部位まで到達するのに時間がかかりました。もちろん撤退も慎重にやりましたので」

医師の説明は淡々としていましたが、その顔色はすぐれないように思えました。

彼女の脳を写した写真が貼られていました。

「これが処置したところですがね」

黒っぽい写真のほぼ中央にクリップした金具が白く光っていました。それは冷たい氷のように思えました。そして、その位置より下部に、タバコの煙のように白く見える部分がありました。「小脳の梗塞です」と、思いついたような医師の答えでした。私は一瞬ゾッとしました。

「この程度の梗塞なら普通の生活をしている人はたくさんいますがねぇ」

医師の説明は、このときから弁解がましく聞こえるようになりました。

軽いことのように説明された「手術中に梗塞」という事態について、私は直感的に重大さを感じました。そして日が経つにつれ彼女は、多くのことを失っていることが明らかになってきました。彼女は、半月が過ぎてもベッドでさえ座っていられない体になっていました。そして、三秒ですら立っていることができなくなってしまいました。

恐ろしいことに、平衡感覚がなくなると、動く物を見ただけで倒れてしまうのです。曲がったものを見るだけで安定感を失い、揺れ動く船に乗っているような、典型的な小脳梗塞による障害を抱えてしまったのです。

こうした状況が明らかになるにつれて、医師や看護婦は、彼女の病室に近づくことをためらうようになりました。あれほど親しく話しかけていた婦長さんや、「Aちゃん」と呼んでいた優秀な看護婦さんの態度が急変したことも、彼女の手術がうまくいっていないことを物語るようで、不気味でした。

5 突然の通告

スーパーマーケットにいて発病した彼女は、軽い脳出血と診断され、一緒にいた私は、素早く救急対応し、十分ほどで病院に運ばれました。そして、二週間が過ぎ、病院の計らいで私たちの住居近くの病院に転院しました。

症状が軽かったことから、出血は吸収されてしまい、驚異の回復と言われるほどに元気になった彼女は、入院中に多くの看護婦さんたちと親しくなっていました。

「間もなく退院ですね」

婦長さんも優しく声をかけてくれていました。

半月後に迫った退院の日には、お世話になった方々への贈り物を、名古屋に住む親友の彰子さんに松坂屋で調達してもらい、病室のベッドの上の小さな荷物棚に、それをいっぱい詰め込んでいました。「これは誰々に」などと、小さな贈り物を楽しげに並べ、私に教えてくれました。「お父さんは、まだ看護婦さんの名前が覚えられないの」と、私を冷やかしたりしました。

そんな元気な彼女に、ある日突然、「精密検査」という話が伝えられました。そのことの意味すら十分わからないまま私たちは、先生の言われるままそれに同意せざるを得ませんでした。精密検査を受けるのも同意が必要という意味も、そのとき私たちは知りませんでした。造影剤を注入することだけで、命に関わることさえあるのだと、絹子がその後の手術で重度の障害を抱えてしまってから知りました。

「そこまでしなくてもいいのに、部長が聞かはらないからね」

担当された医師の脳外科部長の配下には二人の脳外科医がいて、そのうちの一番若くて関西弁の先生が絹子にそう言われたそうです。強引に手術を主張する部長に対して二人の医師は否定的だったそうです。そのような重大なことを、私たちに知らされていたら、その後の絹子の不幸な人生を避けることができたのかも知れません。

この精密検査には、私の立ち会いが求められました。検査室の前の廊下の椅子で、彼女が検査を終えるのを待っていました。検査は、彼女の大腿部から造影剤が注入されたそうですが、無知だった私はこの造影剤を注入するだけで命を落とすことがあるということを知らず、悔やみました。そして、彼女の大腿部は、検査時に強く止血されたために紫色に変色し、検査の凄まじさを感じました。

検査結果は、しばらくしてから最初は私に、そして彼女にはその翌日に説明されました。彼女の脳には二ヶ所に動脈瘤が存在し、「これを手術しないで放置すれば、今夜破裂するかも知れない。いや、明日か、また一年後かもわからない。でも、発見されたからには一日も早い手術が好ましい」ということでした。また、「このまま放置して破裂してしまえば命とりになり、仮に命は取り留めたとしても、血の海での手術は、植物人間になる確率が高く、早く手術することが好ましい」ということでした。ゾッとしました。

病室に戻った彼女は、ベッドで声を抑えるようにして泣いていました。涙が頬を伝ってベッドに落ちました。

Kさんという、結婚されて間もない若くて美しい看護婦さんが立ち会っていました。「どうして手術なの」と、看護婦さんが代わる代わる部屋を訪れて彼女に聞いていました。軽い脳内出血は跡形もなく消えて、これほどまでに回復したのに、何故手術するのか、みんなが不思議だったからです。

突然の通告、そして脳手術、これが彼女と私や家族全員の人生を変えてしまうとは、全く考えてもみませんでした。

（二〇〇二年五月）

6 乳房の刺青

「ガタガタ」という瞬間的な大きな物音に驚いて目が覚めました。妻絹子がベッドの横で仰向けに倒れています。ベッドから立ち上がろうとして転倒したのです。

「大丈夫か」

かけ寄って起こしてやりながら、怪我がなかったかを確かめ、両脇を抱えてベッドに掛けさせてやろうとしても、自分の力で動けなくなった彼女の体は重く、全身に力を込めても、簡単に起き上がらせることができません。傍らの時計は午前三時四十分を指していました。彼女は、平衡感覚が戻らないことや、全身に麻痺があるのでよく転倒するのです。彼女の全身から打撲傷が消えることはないのです。

先日、五月二十九日のことです。彼女は、我が家にお茶を摘みに来て下さった近所の人たちをねぎらおうとして、表に連れて行ってもらいました。

私の家の前にある畑を囲むようにしてお茶の木が植えられ、私の祖母の時代から自家製のお茶を摘んでいました。私たちの時代になってからは、自家製のお茶を作ることもなくなり、近所の人たちがそれぞれ必要な分を摘んでいかれるのです。

柔らかな緑の新茶が芽吹く春は、少人数の田舎でも多少の賑わいを見せます。そこに絹子は行きたいと思ったのでした。

お茶を摘む皆さんに近づいて声をかけたそのとき、車椅子から突然体がよろけて、倒れかかったところに杭がありました。それが彼女の右の乳房を直撃し、彼女の乳房はちぎれ落ちるのではと思うくらいの打撲傷を負いました。

翌日になるとその傷跡が、丁度刺青のように見えます。もしもこの杭が尖っていたら、その杭は彼女の乳房から背中に突き刺さり、弓矢が胸を打ち抜いたようになったでしょう。想像しただけでも寒気を感じます。

彼女が転倒するたびに、私の心臓は驚きと恐怖で高鳴り大きな鼓動が治まりません。彼女は、手摺りに摑まりながらトイレまで、ガタガタと襖の音を立て、やっとの思いで体を引きずるようにして移動します。この彼女の姿を眺めながら、

「もう二年になるのか」

過ぎ去った日々をぼんやり、そして途方もない思惑を巡らせています。

彼女は、平成十年六月五日、軽い脳内出血を患いました。そのことで左半身に麻痺が起きました。その程度は軽かったので、その年の秋には一〇〇％回復していました。ところがその後、病院の医師の勧めで動脈瘤のクリッピング手術を受けました。その手術が原因で、とうとう重度の障害者になってしまいました。昨日の新聞記事は、彼女の状態と全く似た医療過誤について書かれていました。彼女の厳しい「闘病生活」の日々は、疲労した私の心をいらつかせ、責任を回避する執刀医に対して、この苦しみを訴えたい。胸の鼓動はいっそう激しさをますのです。

「あの手術さえしなければ、医師が手術を勧めなければ、こんなことにはならなかったのに」

赤黒く斑になって刺青のように見える彼女の乳房は、あまりにも無惨で残酷です。過信による医療の弊害に対して、悔やみが怒りに変わるのです。（二〇〇〇年六月八日）

7 プリーツスカートの思い出

私たちがつきあいを始めた頃、春になると彼女はよくプリーツスカート姿で出かけてきました。そして結婚してから、彼女はたくさんプリーツスカートを持っていることを知りました。イエロー、ベージュ、ネイビー、ピンクなど無地のものから色あでやかなものまで様々でしたが、中でもシルクでできた高級なスカートは、彼女の自慢の一つのようでした。長良川辺の桜並木を歩いたときも、梅林公園に出かけたときも、彼女は決まってすてきなプリーツスカートを身につけていました。彼女が母になって、いつの間にかそのプリーツスカート姿は、忘れてしまうほど見かけなくなっていました。

三年前の初夏に、彼女は病魔に襲われましたが、対応が早かったことや出血の箇所が良かったために損傷は最小限で、医師が目を疑うほど驚異的な回復を見ました。

ところが、リハビリ目的で転院したＧ病院で、退院間近になったその年の秋のことでした。急に、「放置すれば明日の命さえ危ない。手術は簡単です。手術して完璧な状態で退院しなさい」と主治医から勧められ、言われるままに手術を受けました。

人の運命はこんなに簡単に、思ってもみない方向に変わるものでしょうか。手術を受けた彼女は、全く回復の兆しは見られず、手術は失敗したことが次第に明白になってきました。それでも医師からは、「手術は順調に終わった」と伝えられただけでした。

手術前の彼女は、四階の病室から地下のリハビリ室まで、エレベーターを使用しないで、杖もなしで上り下りしていました。そして、時間があれば患者さんたちの世話をしていたのです。

そんな彼女は、手術を受けたあとは自分では食事もとれず、ベッドに座らせても「ゴロン」と倒れてしまう状態が五十日ほど続きました。パジャマを着替えさせてやっても、呆然として口も利かない彼女の暗い表情を見ると、おしゃれだった彼女が、二度と洋服姿になることはないのかと思いました。暗くて寒い冬が過ぎて、病院の病室の窓から満開の桜が見えるようになったとき、若かった頃に歩いた長良川沿いの桜並木を思い出しました。プリーツ姿の彼女の姿がそこにありました。

手術から一年が過ぎて、追われるようにして病院を出ました。そしてまた一年が過ぎ、暖かな春の陽が自宅の彼女の部屋に射し込むようになりました。五月二十日は私たちの結婚記念日です。仕事から帰ると、その日は彼女は久しぶりにプリーツスカートをはいていました。きっとヘルパーさんに手伝っていただいたのでしょう。チョコレート色の細かなチェックのスカートでした。真新しいスカートは、彼女の病気を忘れさせるような感じさえしました。

夕食を済ませ、長椅子から立ち上がったとき、彼女の座っていた座布団が丸く濡れているのに気づきました。漏らしてしまったのです。手術を受けたその日から、彼女は、平衡感覚が全く失われ、左半身は麻痺し、失禁するという悲しい体になってしまいました。

履いたばかりのお気に入りの新しいプリーツスカートは、彼女が気付くこともないまま汚れてしまいました。

汚れてしまったことに気付かない絹子に、私は伝えることをためらいました。久しぶりにプリーツ姿になって喜んでいる妻に、どのように言えば良いのか、私は目が潤むのを押さえきれませんでした。

（二〇〇一年五月二十日）

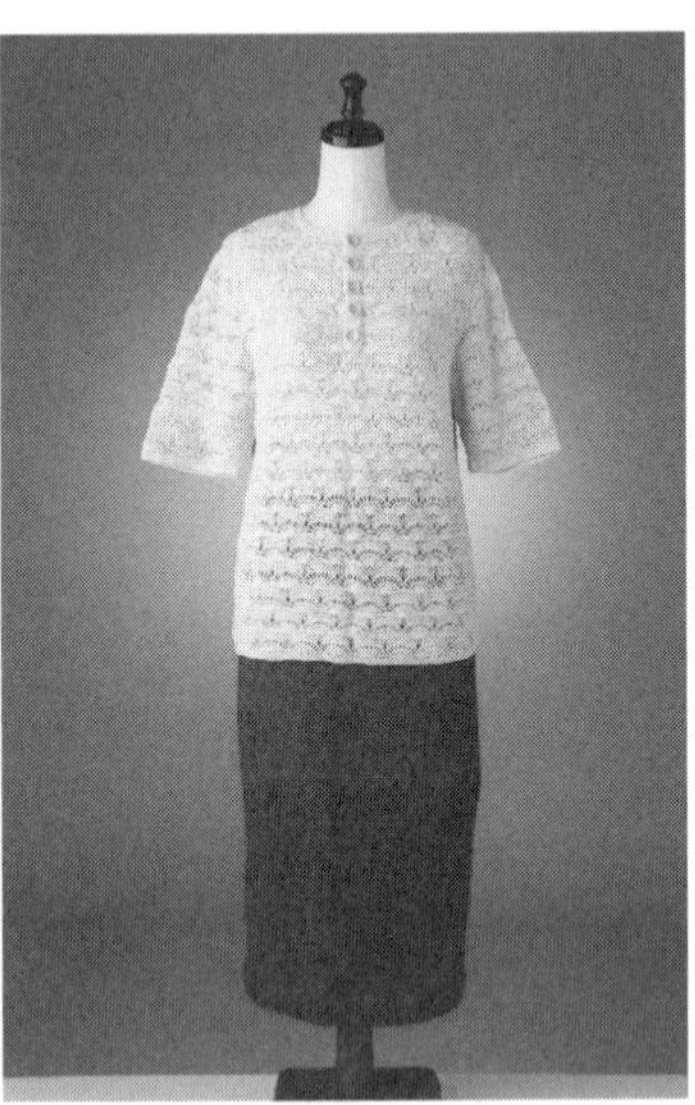

8 プリーツスカートの思い出 Ⅱ

彼女は、若い頃から衣裳持ちでした。私が林野庁に在職中、転勤のため引っ越しするたびに、彼女の衣裳缶と私の書籍は、手伝ってくれる友人たちを困らせました。

脳動脈瘤のクリッピングという予防手術が失敗に終わり、多くの合併症（後遺症）によって廃人同様になった彼女は、病院から強制的に退院させられることになりました。

自宅に戻った彼女は、重度障害の身体となり、引っ越しのたび持ち歩いたブリキ製の衣裳缶では洋服の出し入れが困難なため、引き出しタイプの衣裳ケースに取り替えてやりました。隣町のホームセンターで衣裳ケースを四十個購入し、我が家の押入はすべてこの衣裳ケースで詰まり、簡単に衣装が出し入れできるようになりました。

ケースの中は、クリーニングした衣裳がすぐに見分けられるように、丁寧に収納してやりました。ところが、彼女は、座ったままでも転倒してしまうので、障害の少ない方の右手で体を支え、麻痺している左手で衣裳を出し入れするので、整頓された衣裳ケースの中は一度に乱れてしまいます。

五月二十日は私たちの結婚記念日です。仕事から帰ると、その日の彼女は久しぶりにプリーツスカートをはいていました。チョコレート色の細かなチェックのスカートでした。真新しいスカートは、彼女の病気を忘れさせるような感じさえしました。

彼女が「記念日」と言っていつもより元気に見えたのでうれしくなり、急いで夕食の支度をしました。マグロの鉄火丼、お豆腐とかまぼこ、ほうれん草が入った薄味のスープ、レタスとトマト入り野菜サラダにタコとキュウリの酢の物、彼女が元気な頃に好きだったビールを少しだけグラスについでやりました。

夕食を済ませた彼女は、美味しかったと言って私に支えられながら、長椅子から立ち上がりました。そのとき私は、座っていた二人掛けの椅子の座布団の一枚が丸く濡れているのに気づきました。漏らしてしまったのです。彼女は気付いていませんでした。

手術後の彼女は、可哀想な悲しい体になってしまいました。術中に起きた小脳の梗塞は、執刀したI医師の明確な説明がないまま病院を追われるようにして退院しました。「自宅療養が最も機能回復には好ましい」と気休めともいえる根拠のない医師の一言は、店頭で繰り返しつぶやくロボットの声に似ていました。

彼女は、手術前の病院でのリハビリでは、他の患者から「体操の選手になるの」と言われるくらいに元気でしたが、手術を受けたその日から、彼女の平衡感覚は全く失われ、左半身は麻痺し、失禁するという悲しい体になってしまいました。

記念日を意識して、履いたばかりのお気に入りの新しいプリーツスカートは、彼女が気付くことのないまま汚れてしまいました。

妻のような重度の障害を持ってしまうと、身につける衣装も多くの制約を受けます。女性の衣装に対する制約は深刻な問題です。

元気な頃には、名古屋の親しい友人と共に賑やかなところを闊歩することが大きな楽しみでした。二人はいつもデパートで衣装を探し歩いているようでした。お互いに

よく似合うと言い合って購入し、しばらく隠しておいて、あるときそれを披露するという姑息な報告は、私を納得させるための常套手段でした。

今は、そうして購入したお気に入りの衣装は、タンスに仕舞われたままとなっています。裾締まり、袖締まりのもの以外は、不自由な身体では使えなくなってしまいました。お気に入りのプリーツスカートさえも、ほとんど身につけることはなくなってしまいました。

（二〇〇一年五月二十日）

9 血に染まった階段

木曽のヒノキでつくられた我が家の白木の階段は、あの瞬間から真っ赤な血で染まりました。体の不自由な絹子が転落したのです。二〇〇二年九月三十日一三時一九分、勤め先で昼食を取っていた私の携帯電話が鳴りました。自宅で療養中の絹子が、階段から転落したという知らせでした。急遽自宅へ車を走らせながら、恐れていたことがついに起きてしまったと、私の胸は大きな鼓動の高まりを覚えました。途中、妹からの連絡で、「頭部から出血が激しいため救急車で病院に搬送するので病院で待って」ということでした。

「あれほど注意をするように言い聞かせたのに」

とりとめのない思いが私の脳裏を駆けめぐりました。しかし、転落したくてしたわ

けではなく、彼女の身体は大きな障害を背負っているため、転倒は日常茶飯事なのです。とうとう二階から転落という大事故となってしまったのです。残念ながら平衡感覚をなくした彼女は、転倒・転落の災害を避けられなくなりました。

病院へ救急車が到着し、最初に付き添ってきた妹が降りてきました。私を見た妹の目は「大丈夫よ」という合図のような素振りでした。私に気づいた絹子は、搬送用担架から小さく「ごめん」と言いました。両方の瞼の周辺も鼻も唇も、血痕で紫に染まっていました。救急治療室に入り、二、三人の医師が入室して間もなくCT撮影のため別室に運ばれるなどの検査や治療を受け、その間、妹は待合室で彼女の転落した状況を話してくれました。

一人きりで自宅療養中の彼女は、いつも午後になると村のヘルパーさんの訪問介護を受けていますが、ヘルパーさんが到着前の出来事だったのです。

彼女は、一人で二階から階段を下りようとしたところ、何かを思いだして引き返そうとした途端、バランスを失って転落したのです。頭部を七針縫合し、全身を打撲してしまいました。しかし大事には至らず、命に別状はないということから、病院の判断で自宅に戻ることになりました。

診察が済んだところへ、四年前に彼女の脳手術を実施した執刀医が通りかかり、「どうしたの」と、声をかけられたそうです。彼女は、入院中には滅多に口を利かなかった先生に急に話しかけられて、「手術をキチッとしていただかなかったので、こんなになってしまいました」と言ったそうです。医師は、「まだそんなことを言っているのか」と、笑みさえ浮かべて足早にその場から離れて行かれたそうです。妻がこのようなことを口走ったことを私は理解できます。それは妻にとっては当然のことですが、それ以上に、妻が転落事故で怪我を負い、「泣き面に蜂」のことわざのように、不運や不幸が重なることの無念さからです。「どうしたの」とは、私たちが聞きたいことです。手術をしたから。小脳の梗塞で平衡感覚が欠如したから。これが答えでしょう。

そのとき、ロビーのテレビは、北朝鮮拉致被害者家族の「悲しみより怒りです」などと心境を語る姿を写し、誰が見るとも聞くともなく、病院のロビーにむなしく流れていました。それは、絹子が医療過誤の手術を受けてから四年目の秋が深まった午後

でした。

以来、私の家の四百年の年輪を持つ木曽ヒノキでつくられた白木の階段には、絹子が転落したときの痛々しい血痕が消えないままになっています。（二〇〇二年十月一日）

10 ぬいぐるみの足

転落事故の翌日には、彼女は比較的元気を取り戻しましたが、彼女の全身は打撲による黒煮えの跡で真っ黒になりました。両足は、丁度ぬいぐるみの手足のように腫れ上がりました。右目も腫れているために開かないほどで、可哀想な表現ですが妖怪のようでした。痛みも各所に出てきて、普段でさえ半身が不自由であるのに怪我で寝返りなど身体を動かすのは一層困難な状態になりました。

固く結んだ彼女の口元には、頭から髪を伝って顔中を染めた昨日の血の痕が残っていました。身体を少し動かすたびに吐くため息で、彼女が痛みを堪えていることがわかります。折角取り戻しつつあった最近の体調を、またも最悪にしてしまった無念さは、私にははかりしれないところでしょう。昨日の昼下がりの一瞬の出来事が、四年前に受けた脳手術後に、意識が戻らないままさまよう悪夢を再現したように、奈落に突き落とされてしまった不安と恐怖が蘇ってきたのです。転倒・転落事故、自由のきかない体になってしまった脳手術への恨みと悔しさを、じっと耐えているのです。

彼女は、平成十年（一九九八）十二月十日に受けた動脈瘤のクリッピング手術によって、二度と元には戻らない重度の障害者と化してしまいました。

医療過誤の新聞記事を目にするたびに、それは遠いところの話ではなく正真正銘の彼女が、その記事の当事者になってしまったのです。

トイレに行くため、繰り返し起き上がろうともがく姿を見ていると、私の心をいらつかせます。彼女の厳しい闘病の状況を執刀医に話そうと、朝まで眠れないこともありました。

おそらく患者の誰一人として、医師に手術を勧められてそれを断ることができる患者がいるでしょうか。四年前に私たちは医師から勧められるまま手術を受けました。あのとき手術を受けなければ、手術を勧められなかったら、こんな体にならなくて済んだのに、そしてこの転倒事故も起きなかったのに。

あのとき、

「こんな健康状態で手術すれば、十日で退院できますよ。お正月は家族で迎えられるでしょう」

手術前に説明を受けたときの医師の言葉は、脳動脈瘤はクリッピングさえすれば完璧に破裂を防ぐことができるということでした。安易に人間の頭を開いてしまう医師の過信によって医療の悲劇を生んでしまったのです。今になって当時の状況を訴えても、「そんなことを私が言うはずがありません。重要な手術をしたのだ」と裁判でも執刀医の弁解が耳に残っています。

赤黒く斑になって刺青に似た彼女の顔もぬいぐるみのように腫れ上がった彼女の両足。あまりにも無惨で残酷で、悔やみが次第に怒りに変わるのを押さえ切れません。


（二〇〇二年十月七日）

11 まさか骨折では

絹子が二階から転落して頭部を七針縫合して一週間が経ちました。明日は抜糸の日です。

救急で入った病院は医療過誤を争う相手のG病院ですから、たとえ救急事態でも絹子はこの病院へ搬送されることを拒みました。

「この病院では何をされるかわからない」

恐怖が彼女の脳裏をよぎるのでしょう。しかし、悲しいことですが田舎ではこの病院の他には救急医療施設はないのです。不本意ですが救急処置をお願いした後、夜遅くになって帰宅しました。

抜糸は、それまでガーゼ交換のために往診していただいた地元の診療所のH先生が、

「抜糸は俺がやるよ」と、私たちの心情を察して進んで処置して下さいました。

考えてみれば私と絹子は何と不慣なふたりなのでしょう。頼みの綱となる最寄りの公共医療機関である唯一つの病院は、医療訴訟という戦争をしなければならないのです。

転倒による絹子の頭部の傷は回復しているのですが、そのときに痛めた彼女の両足の腫れと痛みは増すばかりで、一向によくなりません。小脳に梗塞が起きて以来、彼女の体中の血流が悪くなってしまいました。重度障害を抱えてしまった体では動くことができず、運動不足の体は一層血流の悪さが増します。あまりにも回復が見られないので、もしかしたら骨折しているのではと再び疑念を抱くようになり、医師、そして診断結果を疑うのです。

人間とは弱いものです。一度疑いを持つようになると良くないことばかりを考え、悪い方向に動き出すものです。どんどんその方向に行ってしまうのです。

まさか、またも診断ミスではないかと良くないことばかり考えてしまいます。そして、いつしか近所の方々の目も気にするようになって疑心暗鬼に陥るのです。

救急措置をしていただいた医師から、痛めた足のレントゲン写真を見ながら説明を受けましたが、そのときは骨折は見られなかったのです。しかし、少し時間が経過した後になって写真に骨折が写るという経験をしたことがあるので、もしかしたらそうなのではないかと思うのです。飛騨に勤務したときの経験で、乗鞍岳の山頂から南側斜面の森林を調査しながら下山中に、雪渓で転落して腰を打った同僚の最初のレントゲン写真には骨折が確認できなかったのが、後になって発見されたことがありました。

彼女の右足は内出血が激しく、指だけが辛うじて変色していませんが、太ももから下は全体が黒煮えとなりました。障害の強い左足は一層ひどい状態となっています。湿布大きく腫れ上がっているので、その足には到底靴を履かせることはできません。湿布薬を貼ってやる以外に処置も方法も考えられず、痛々しく腫れ上がった両足を見ると、あまりのひどさに目を覆うくらいです。

脳手術によって血流が少なくなった状態が長く続けば、両足を切断しなければならなくなる危険性が増してくると伝えられ、不安な日が続くのです。

（二〇〇二年十月一日）

12 五回目の夏が過ぎても

今朝、いたたまれなくなって執刀医に電話しました。この裁判は、国や県を相手にする訴訟ですから、真実に基づく審判どころか力ずくの結審となることが考えられます。病院へ「現在の彼女の病状を確かめて下さい」と訴えました。術後、病院から彼女の病名、病状を明らかにしたものは全くないまま、ずるずると時間が過ぎているのです。病院側としては、彼女の病状を明らかにすることを避けていることは明白でした。こうした状況にいたたまれなくなり、改めてそのことを問いただそうと思ったのでした。裁判の相手、訴訟の相手は県当局です。

私は、かつて林野庁に勤務していた頃、当時の週刊誌をにぎわせた「山小屋裁判」の被告側として対応したことがあります。国有地を借り上げて山小屋を経営する経営主から国を被告として訴えられた係争問題で、私は被告側として対応したのです。そのときの記憶から、裁判審理が進むにつれて「この裁判は到底勝てない」という思いが強まり不安になってきました。

彼女は、手術を受けてから年を重ねるたびに、「この夏は自分の力で歩きたい」と言い続けてきました。そして五回目のお盆を迎えました。不甲斐なく感じている彼女を見るにつけ、病院や医師の、思い上がった医療行為が彼女に重度障害をもたらし、その犯した罪の重さと深さは人道的、道義的に決して許されるものではないと、怒りと悲しみがこみ上げるのです。私たちが訴え続ける力も、そして経済面でも次第に限界となってきており、今では「生涯をかけることになるのでは」と思うようになりました。

出勤前の準備を急いでいるとき、私は怒りを彼女に向けてしまいました。時計は午前七時でした。「私にはこれ以上どうにもできない。病院に入院すればいい」と怒鳴ってしまったのです。昨夜から彼女は何度となくトイレを失敗したので、その洗濯を終えて仕事に出かけようとしたところで、また汚れてしまいました。

昨日、このところ体調がすぐれない私は胃検診を受けたばかりでしたから、ついカッとなって厳しい言葉を浴びせてしまいました。

障害を背負ってしまった彼女の哀れさや愛おしさと、医療過誤への憎しみや悔しさが交錯する私は冷静さを欠いていました。

洗濯を済ませた後、ソッと部屋を伺うと彼女は、苦労しながらやっとの思いで着替えを終え、ベッドで布団に顔を伏せて泣いていていました。お盆が間近というのに残酷な悲しい朝となってしまいました。

彼女は四年前、あのクリッピング手術を受けてから、尿意を失ってしまいました。極度の失禁状態に陥ってしまったのです。何度も泌尿器科の受診を希望しましたが、手術をした医師は他の科で診察することを聞き入れませんでした。こんな状態になってしまった患者（彼女）を他の医科には送らないとする意図が明らかでした。

「手術前の状態になるまで入院治療を！」という私どもの願いも届かず、平成十一年十月一日、強制的に退院となりました。

（二〇〇三年八月十三日）

13 五回目の夏が過ぎても Ⅱ

自宅療養となって、排尿・排便機能が喪失していることが明白となりました。病院では看護婦さんが処理してしまうため、失禁の実態が明確ではありませんでした。汚れた衣類を自宅に持ち帰る私は半信半疑でした。知らない間に漏れてしまうという、そんな悲しい体になっていたのです。他人に知られたくないとする彼女の思いが、痛いほど伝わってきました。紙パンツも、あらゆるメーカーの製品を試しました。「どうすれば漏れないか」が頭から離れませんが、答えは未だに出ていません。

この上ない悲しみにふける彼女が哀れで、そのことを医師に伝えましたが、回答は「訴訟中であり面談は避けたい」という回答でした。誠意どころか悪魔の冷たさを感じました。

四年前の手術前夜に彼女は、

「元気な私が、何故手術を受けなければならないの」

髪を剃って尼さんのようになった彼女が、周囲の人に悟られないように泣いていた姿が、切なくそして忌まわしく、今思い返されるのです。

彼女は、動かなくなってしまった身体が悔しくて仕方がありませんでした。そして、絶対にそのことを認めようとはしませんでした。家に帰ったその日から、「危ないから」と言う私がいなくなると、不自由な身体で立ち上がろうとしていました。周囲の襖や机、あらゆるものに摑まりながら繰り返し繰り返し試みていました。しかし彼女は、I医師から「彼女が動けないのは、リハビリ不足で筋力がないから」だと、彼女の意欲にその責任を転嫁し、手術が原因ではないことを周囲の看護婦さんらに言いふらしていました。本当の原因は、彼女に手足の筋力はあっても平衡感覚が全く欠如しているためで、立っていることがとても困難でした。立ち上がってもすぐに転倒するのはそのためでした。

「私は自分の力で歩きたい」

その一心で転倒を顧みないで立とう、立ち上がろうと必死でした。私はその姿に表現の仕様もないいいとおしさと、医師の非道さに対する怒りを押さえることができませんでした。私が支度した食事の後も、「片付けは私がするからそのままにして」と言います。自分の動けない身体のことを忘れたのか、それとも何としても自分でやってみたいという思いが自分を制御できないのか。

しっかりとした意思を持ち続けようとする彼女も、そのうち、自分の動かない身体にうちひしがれたのでしょうか、大きく沈んでしまう日がありました。

彼女は、自宅で生活するようになって、自分の部屋で転倒し、左右、両足の大腿骨を骨折する大けがをしました。救急車は、否応なく彼女をこのような身体にしてしまった地元のG病院へ救急搬送しました。大けがをしても、彼女は一言たりとも自分の身体の痛みを訴えることなく、じっと我慢していました。救急搬送されたG病院のベッドでも、検査中においても一言も痛みを訴えることはありませんでした。

「私の力で歩きたい」

手術中にもそのことを夢のように口にするばかりでした。

14

父に似た剃髪の頭

平成十年十二月十日、彼女は脳外科手術を受けるため、午前十時までに着替えを済ませ待機しました。私はそれを手伝いました。前日の午後、看護婦さんによって剃髪して丸坊主になりました。その姿を見た私は涙が止まりませんでした。美容室を営む妹が、彼女に似合いのカツラを用意していてくれたため、私は涙をこらえて丸坊主の彼女の頭にカツラをかぶせてやりました。看護婦や同じ部屋の患者の皆さんが、「絹チャンよくお似合いよ」と言ってくれました。私の気持ちは一層複雑でした。

彼女も、あらかじめカツラを用意していることで、髪を剃る決心について多少救われているように思われました。

妹はこのとき、「義姉さんが嫁いできたときの髪型のカツラを選んであるわ」と言って二種類のカツラを用意してくれました。彼女は、「金藏さんに似てる」と剃髪した自分を鏡で見ながら、亡くなった父を思い出すかのように少し微笑みました。

手術前の彼女は、いつもより明るく振る舞っているようでした。自分より私たちを気遣っているようだと、同じ部屋の患者さんたちもそう言っていました。

十時二十二分、彼女は手術室に入って行きました。このとき偶然ですが、何故か手術室のドアが故障して自動では動きませんでした。入室直前に故障したことが、私には妙に気になりました。

彼女がこの病院で手術することになって、「その病院で大丈夫かね」と私が勤務する工務店の社長さんは、不安げに言葉をかけて下さって、そのとき私は何も思いませんでしたが、手術を受けた後になって、社長さんの言葉にハッとして、それが重みのある一言であったことに気づきました。

「頑張ってね」と数人の看護婦さんが声をかけて下さると、彼女は少し笑みを見せながら手術担当の看護婦が動かすベッドの上で、「行ってきます」と私の方を振り返り、手術室に消えました。

この手術は、彼女がこのG病院に入院して、六ヶ月が経過しているときに行われました。軽い脳内出血による障害は回復し、リハビリ担当の医師は、退院の日取りまで決めていました。そんな元気な彼女に手術を受けさせてしまって、私は言いようのない辛さでいっぱいでした。

今から思えば、予防手術と言われる脳動脈瘤クリッピング手術は大きな意義あることだという当時の風潮は、脳ドックに患者が群がり、まるで何かをあさるように脳血管の異常を探し出し、片っ端から一様に手術を急ぐ状況を生み出していました。それは、ラグビーボールに群がる選手たちの光景のようでした。

退院する要件は十分であるのに、必要以上に病院に留まらせ、脳外科手術を強行して県病院やI医師の手術の実績を高めようとした意図は決して許せるものではありません。当時は、そうした成績を煽る新聞記事が当該病院の掲示板に掲げられ、これを知事が推奨していることが報じられていたのも、忘れられない悪夢の記憶となっています。

正直なところ私は、このままでいいから家に帰してやりたいと何度も思いました。

しかし、I医師は強く手術を勧めました。「手術は盲腸とは異なるが、これと同じくらい簡単です」と言って彼女や私を同意に誘導する説明でした。全く知見のない私たちにとって、一見、自信に満ちた態度で説明するI医師からの圧迫感は、手術を決意する以外に選択はないと思わせたのです。

動脈瘤が存在するという告知を受けたときの彼女は、「先生があまりにも検査を受けるよう勧められるので、何かあると思っていました」と言っただけで、不思議なくらいに冷静でした。さらに、手術を決意した直後に、この手術が二回にわたって行われることを説明されたことも、私は全く記憶がなく冷静さを欠いていました。

15 同意書（手術の日）

十二月九日午前、手術を目前にして私と絹子は麻酔科に呼ばれて二人で説明を受けました。彼女の手術に当たって現在の体の状況は万全で、全く問題はないことが話されました。ただ、心臓が若干肥大ぎみであることを知らされて驚きました。そして彼女には、その症状があることが説明されて、長年生活を共にしてきた私の彼女への無関心さが悔やまれました。彼女の健康状態を気にしたこともなかったことを申し訳なく思いました。麻酔科の医師は、麻酔は一種の毒物であり、その反応には表と裏があることから、期待した反応の他に逆の働きが現れる場合もあることが説明されました。

その後私たちは、手術同意書に署名し、白い封筒に「手術同意書」と墨で書いて提出しました。私の気持ちには半信半疑なところがありました。これが、私の「男らしくなさ」だとも思いました。それは、手術を受けても大丈夫かと半分は疑う気持ちがあったからです。

手術日が決まってからの二週間は、私たち二人は何となくしらけた毎日でした。飲み物や洗濯物を届けるために朝晩病院に立ち寄るときも、何となく機械的な会話が続きました。それは、私たちが二人共に、手術への不安があったからです。しかし彼女は、日が進むにつれて明るさを取り戻し、むしろ今までには見られなかったほど明るく見えました。私が病室に近づくと、いつも決まったように同じ部屋の患者さんたちと笑い転げていました。彼女は、自分より重症の患者の車椅子を押したり食事や薬を飲ませるなどの面倒を見てやっていました。

性格が変わったようにさえ思えるほど明るくしていました。病院の同じ階の患者さんの病状や障害の程度がどこまで回復したかなど、そして自分と比べて今後どんなケアが必要かについても彼女は意見を持っていました。すごい女性だと思いました。

それに比べて私は、弱い面ばかりが出ました。彼女に対してきつい態度をとったり、意地悪な話をしたり、また、家で私の食事の世話や弁当づくり、洗濯や彼女の煎じ薬まで作っている母にまで冷たくすることで、自分のやるせない気持ちを紛らわそうとしていました。彼女の手術は、十二月十日午前十時三十分に麻酔を、執刀は十一時から始まりました。患部は脳底動脈瘤で、患部までの到達に一時間、治療した後撤退するのに一時間は必要で、とにかく慎重に進めなければならないので手術時間は長くなると告げられていました。手術室のドアの手前の一角に、「手術待機室」と看板が掛けられ、古ぼけた長椅子が三個、コの字型に置かれていました。明かりも点灯されていなかったのでスイッチを探して点けました。私は、手術が行われている間落ち着かず、気を紛らわそうとパソコンを持ち込んで仕事をしながら手術が終わるのを待ちました。

手術時間が長く感じられるたびに、「手術はしません」と言えば良かった。あの白い封筒に入れた同意書を書かなければ良かったとも思いました。病気はどうなっても、このまま手術せず彼女を自宅へ連れ戻したいと、繰り返し繰り返し思いました。

16 医師の裁量権とは

医師の裁量権が、後になってこれほど厳しい結果を招くとは思いもよりませんでした。医師の裁量権は、説明、理解、決断のいずれかが不可能な場合や、患者の意思が社会的に認められていない場合、あるいはやむを得ない現場の事情によって医師が専門的立場から社会的に認められる範囲で、生命優先で対処する権利だと定義できると言われています。しかし、当時のG病院のI脳外科部長は、県からの絶対的信頼の上に、脳ドック至上主義的風潮の中で絶対的権限を持っていました。巷ではI医師は「皇帝」とまで呼ばれるまでになっていて、医師が一人舞台で脳外科に君臨し、患者からは恐ろしいと感じるほどとなっていました。

あるとき、これの象徴的な場面を見たことがあると絹子は言っていました。同じ病室にいた女性の患者さんが、面会者からの頂き物を食べたことが発覚し、即座に退院を命ぜられて泣きながら病院を去って行ったことを目の当たりにしたと言うのです。一事が万事、この部長の巡回回診になると、患者はベッドの上で正座して回診を待つよう指示されており、病室とは思えない光景でした。

そのような中で、「手術は待って下さい」と患者が医師に対して決して言えるものではありません。本来、患者の自己決定権からみて、顧客でもあるとは言いながら悲痛な思いで治療や医療サービスを受ける患者やその家族が、自らの身体に関して医師の説明を理解した上で、当時といえども社会的に認められる範囲で決断する権利を本来は持っていたはずでした。

患者を入院させるか、あるいは退院かなどを決めるに当たって、入院に関しては、どれほどの病状でその緊急性、病院が持つ資源（施設や医療機器、医師や看護体制などの能力）に照らして総合的な判断が、また、退院に関しても同様に患者の病状の回復度、自宅での生活環境などを考慮して判断されるべきではないかと、素人ながら考えるところです。

私たちは決して医師の悪口を言おうとするのではありません。絹子は、当初は軽い脳内出血を発病して、買い物に出かけていたT市内のN病院に緊急入院し、そこでは優秀な医師によって的確かつ迅速な治療によって左辺の僅かな麻痺障害に食い止めていただき、二週間で回復、自宅に近いG病院に転院の手続きまでしていただきました。また、転院先においてもリハビリ中心の治療を受け、驚異的とも言われる回復ぶりを見ました。この間にお世話になった優秀な医師の皆様には、進んだ医療と親切な対応をしていただき感謝と尊敬の念を禁じ得ません。

しかしながら、この病院において行われていたことは、患者のニーズや病状、その緊急性などとは関係なく、医師のニーズによって患者が選別され、医療サービスも医師独自の判断による治療・施術だったのです。もしも患者やその家族が、少しでも医師の指示に従わない場合は、即刻医療が中止され、患者の病状や要望は無視され退院させられていました。

このような中で、不幸にして医療過誤が発生しても、その原因や患者の病状に関係なく、一般的には患者やその家族には到底理解できない医学的な問題として処理されてきたのでしょう。患者や家族たちには到底理解し得ないもの、複雑な医療の世界は医師のみが知る権利で、医師の裁量権だとしか受け止められていなかったと言わざるを得ません。

医師でしか理解できない、対処できないとする、このような奢れる態度、対処こそが医師の裁量権であり、患者はもとより一般市民は、一種の恐れに似た尊敬の念を抱かされていたのではないでしょうか。

複雑な医療の世界で、人命尊重の使命を持って日夜病魔と戦い、生死をさまよう患者に対して果敢に取り組まれている多くの医師の献身的な態度には頭が下がりますが、患者や家族の意思とは無関係に処理される医療のあり方が望まれているものとは言えないでしょう。

私たちは、将来に向かって、医師と患者やその家族との間に、また、医療関係者の方々と地域住民のすべての間には、お互いの信頼関係を基に、新たな人間の尊厳と医師の裁量権のあり方を確立していかなければならないと思うのです。

17 手術は待って下さい

インフォームドコンセント（informed consent：十分な情報を得た〈伝えられた〉上での合意を意味する）について、私たちは当時その言葉すら知りませんでした。医師からお話を受けるたびに、いつも私たちは「そうか」と思うだけでした。おそらく重病を抱えた患者の皆さんがすべてそうだろうと思います。

彼女は、リハビリを受けていた先生方から「そろそろ退院ですよ」と話が出されていた頃でした。急に精密検査が必要だということになりました。私たちには、あまりにも突然のことでしたから驚きました。

リハビリの医師からは、脳外科のI医師らに対して、「顕著な改善がみられ、家庭生活や趣味活動においても十分に対応できるまでに回復しました。これ以上の訓練継続は本人も望んでいなく、回復状態も良好なので、本人の意思に合わせて訓練は終了する」と院内連絡箋で報告されていました。

S婦長さんから精密検査の通知があったときは、退院前の検査なのかと思っていましたから、そのときはあまり気にはしませんでした。

しかし、看護婦さんらの話では、I部長以外のS医師、K医師の二名は、精密検査までは必要ではない、との認識だとのことでした。そして、絹子と親しかったK医師から、「僕たちはそこまで（精密検査）する必要はないと思っているが、部長先生が言われることだから仕方がない」と話されたそうです。また、精密検査の方法も、造影剤の体内注入は、一般的には腕からされる場合が多いにもかかわらず、彼女の場合は大腿部から注入されました。この方法についても、他の二人の医師は、「そこまで必要はない」との判断だったと、K医師は彼女に話しました。

後になって読んだ『脳ドックは安全か　―予防的手術の現状』（山口研一郎著／小学館）には、患者の体質などによって、造影剤の注入が起因して死亡する場合があるということを知りました。造影剤を注入して検査するという重大な検査の方法についても、私たちには説明は一切なされなかったので、それほど重要なことという認識はありませんでした。

これも重大なことですが、この検査直後のカルテには、患者が六月に発病して起きた左辺麻痺が完全に回復していたにもかかわらず、造影剤の注入によって再び左辺麻痺が顕著に現れるようになったと記されています。このことも、情報公開条例に基づいて病院から開示された看護記録を見るまで知りませんでした。知らされたのは、手術が行われて医療過誤が起きてしまった後のことでした。

この検査後の段階でも、私たちは、「手術は待って下さい、彼女には無理です」と言うべきだったのです。残念なことですが、私には彼女の検査後の状況が厳しい状況にあることなどは全く知りませんでした。手術は待って下さいなどとは言えなかったでしょう。

一般的にカルテを患者やその家族が見ることはありません。仮に見たとしても、理解ができるはずはありません。私たちには全く知らされることもなく、こうした事実も秘密裏に済まされていたのです。

I医師は、術前には彼女には全く心配はないと言い続け、術後の回復が思わしくない状態の中で、私が質問するたびに、「彼女は、もともと動脈硬化という病気を持っていて脳内出血の履歴まである。血管は年齢以上に老化しており回復に時間がかかるのは当然だ」と説明されました。重要な手術を行った後だから、早く回復するはずがないとか、彼女はリハビリする意思がないなどとも言われるのでした。

18

四十年目の手紙

乱筆乱文で申し訳ありませんが、どうぞ読んでください。長い間お世話をかけありがとうございました。このようになった私は、あなたの仕事の邪魔ばかりしたような気がします。許してください。本当にお世話をかけてしまいました。私は護さんの生き方に反対したつもりはありませんが、こんな身体になり、足を引っ張ってしまいました。私は今日まで、あなたの優しさに甘えていました。何回言っても許されないかもしれませんが、心より感謝しています。そしてごめんなさい。

今年の五月で私たちは一緒になって四十年になります。その半分以上も、あなたの助けの中で生きてきました。心からお礼申し上げます。そして、もうあなたに迷惑にならないようにと決心致しました。明日からは自分のことだけを考え、自分の思うように生きてください。

私は喜んであなたとの生涯に終止符を打ちます。決して心配はなさらないでください。ありがとうございました。

さようなら。

二〇〇五　春
絹子

この日の夜、大した原因もないのに口論になってしまいました。仕事から帰って、大急ぎで夕食の準備をして、いつものように二人で食事を済ませました。お風呂も準備し、二人で入りました。全くいつもの通りの日課でした。

着替えの途中、私は妻の服を着る順序がおかしいと指摘しました。そのことが原因で、口論になってしまいました。二人はいつも議論することはあるのですが、私は激怒してしまいました。口論はともかく、彼女があまりにも普通のことができなくなってしまったことが、猛烈に口惜しくなってきたからでした。

丁度この頃、裁判の判決の日が近づいていて、私は焦りを感じるようになっていました。今度の結審が最後です。次第に不安になっていました。

この四月二日（二〇〇五年）、かつて絹子が手術を受けたG病院での不祥事が発覚し、マスコミ報道されました。しかもその事件は、絹子が入院・手術を受けた時期と重なっていたので、私は病院に対して一層忌々しさが募ってきました。冷静さを失った私は、絹子のほほを思いっきり殴ってしまいました。彼女は、ジッと我慢して反応しませんでした。

彼女は、着替えを最初からやり直し、部屋へ戻る途中に、昔を思い出すように言いました。

「修が子供の頃に絶対ごめんなさいと言わなかったのは、自分ばかりが悪いのではなく、あなたを許せなかったからですよ」

つぶやくように言いました。そして、両側の手すりにゆっくりと掴まりながら、不自由になった重い足を引くようにして廊下をゆっくり通って行きました。私はこのとき頭を思い切り殴られたような気がしました。部屋に戻った彼女は、不自由な体で何かをしていることを感じていました。

相当時間が過ぎた後、この手紙を無言で私の机に置きました。彼女は昔、美しく書けたはずの文字がゆがんでしまい、これしか書けなくなったことも耐え難い悔しさの一つでした。今日の彼女は、いつもと違うと感じました。死を覚悟していることがわかりました。

（二〇〇五年四月三日）

19 突然襲う高熱

絹子を手術した地元の病院とは異なるT病院に入院させてから、できる限り土日には外泊の許可を得て自宅か、または長男の家に連れて行くようにしていました。病院生活が長くなってしまった彼女を少しでも普通の生活に戻してやりたいと思うからです。

三月に入って、寒さが戻ってきたように雪が降りました。積雪の多い郷里の自宅に連れて帰ることは心配でしたので、十日の金曜日の夜から十一日土曜日、そして今日の日曜日まで、長男の家で彼女と一緒に過ごしました。何をするということもなく、久しぶりに少し長い時間一緒にいたような気がしました。

彼女は、このところ元気がなく、毎日世話をしてくれている弟の嫁さんの一美さんから、「今度の日曜日に郷里の村まで帰ることは、少し考えた方がいいのでは」とアドバイスがありましたが、まさにその通りでした。

絹子は、外泊先の長男の家では比較的元気な様子に見えましたが、日曜日の午後三時頃、いつものように病院に帰るや否や体調が悪くなりました。体温は三七度五分で、お腹が痛いと訴えました。何度もトイレを催すので看護婦さんにポータブルトイレを用意していただきました。彼女は急に体力がなくなり、介助しても立ち上がることができなくなりました。

彼女はうつむいたまま目を閉じていました。そんな彼女を病室に残したまま、ウエットティッシュなどの日用品を調達に病院一階の売店まで下りましたが、あいにく閉店となっていました。仕方なく病院の近くのスーパーまで足を伸ばしました。

その晩から私は、名古屋に出かけることになっていました。私の出張は一週間の予定でした。スーパーでは自分の下着を二組と、絹子のものを買って再び病院に戻ったとたん、突然彼女は起き上がり、気持ちが悪いと言ったかと思うと、大量に吐きました。お腹のものをすべて吐いたような気がしました。

脳の手術を受けてから、このように突然高熱が襲ったり、気分が悪くなる症状が現れます。脳を開く手術ではこうした症状が出ることがあると、この病院のF医師から伺っていたので、症状が高じてテンカンになるのではという不安が脳裏をかすめました。

手術を受けたG病院では、こうした障害について全く説明されたことはありませんでした。唯一、痙攣防止のための投薬をしているということのみ知らされていました。この痙攣防止の投薬も、こちらのT病院に入院加療中に、「その心配がなくなったので止めましょう」と、自信に満ちた医師の説明を受けて、少しずつでも回復の兆しを喜びました。

しかし、一旦、発熱が起きると、彼女の体は力を全く失い、立つことも座ることも、起き上がることとさえもできなくなってしまいます。もちろん箸や茶碗をとることすらできません。ベッドで目を閉じて、理由もわからない突然の発熱におびえながらジーッと熱の下がるのを待つのです。

「何故なのでしょう」

彼女は、理由もなく突然襲う発熱について、そのたびに医師に原因を問いますが、

「脳からの障害としか考えられません」

不安そうに答えが返るのです。私も相槌すらためらう変な雰囲気になるのです。

20 検査結果と手術の必要性 I

これは重要なことです。それは二つの点で重要だということを知りました。

まず一点は、検査結果がどうなのかは当然重要ですが、それを医師からどのように説明されどう理解したかが重要だということを後になって思い知らされました。

検査結果と手術の必要性の説明については、看護記録に残っていますが、「先生からお話があります」とS婦長から私に電話で連絡があり、日程を決めて私一人で病院に伺いI医師と面会しました。

I医師は私に対し、「彼女には危なっかしいものが二個見つかりました」と動脈瘤が二個あることが判明したというのです。動脈瘤の大きさは五ミリ程度で、このまま放置すれば破裂するおそれがあり、手術が必要であること、場所的にはやや難しいと

ころであるが、この種の手術はいつもやっている、つまり、日常的に行われていると
いうことでした。
私は、この説明に対して、「手術が必要とは思っていなかったので残念です。本人
には先生から説明して欲しい」と答えました。
翌日、I医師から彼女と私に次のような説明がありました。このときの立ち会いは、
Kさんという結婚して間もない看護婦さんでした。
I医師からの説明は、二個の動脈瘤があり、その大きさはいずれも五ミリ程度であ
る。これをこのまま放置すれば、いつ破裂するかはわからない。今夜か明日か、また
一ヶ月後か一年後か二年後かもわからない。動脈瘤が破裂して血の海になってからの
手術では、植物人間になる可能性が高く、命に関わる危険性がある。さらに、このよ
うな手術は特に難しいというものではない。どんな手術でも、たとえば盲腸の手術で
あっても一般的には九〇％以上の確率で成功している。この病院に赴任して六年にな
るが、このような手術は一度も失敗はしていない。盲腸とは内容は異なるが、ほぼ同
程度の手術である。彼女の場合は、体に異常は見られず全く心配のない状況で手術が

できる。健康な状態で手術すれば、一週間または十日程度で退院できる。「正月は家族と過ごせるでしょう。正月は毎年来るので病院で過ごすのもいいかも」と冗談のように言われました。

また、こうも言われました。老夫婦二人で生活している方の奥さんの脳動脈瘤を手術した。この患者は、「病気のご主人が自宅で待っており、看病しなければならない」と言って術後一週間で退院した例もある。絹子の場合も入院は長くはならないというお話でした。

私は、この年の翌年の春（一九九九年四月のこと）には、愛媛大学に助教授として招聘されていました。「彼女と共に愛媛行きは大丈夫ですか」と質問しました。I医師は、「完璧になって行って下さい。また、愛媛に行かれたら新居浜に親しい医師がいるので必要となれば紹介します」と言われました。

こうした説明に対して私たちは、このまま（入院中に）引き続き手術をお願いしたいと依頼しました。

それは、二つの動脈瘤が今夜にも破裂するのではという恐怖が頭から離れなかったからです。

説明の際に、手術に伴う危険性や合併症の話は一切ありませんでした。

21 検査結果と手術の必要性 II

私は、彼女の脳内にある二個の動脈瘤が、今にも突然破裂してしまうのではないかという強い不安を抱きました。そして、手術さえ受ければその危険はなくなるものということしか考えませんでした。現在、彼女に見られる合併症が起きるなどとは思いもよりませんでした。

もしも、手術による合併症の可能性について説明を受けていれば、直ちに手術を決心しなかったでしょう。恐らく、他の病院で再検査を受けるなどの検討をしたかも知れません。そう思うと残念でなりません。

手術を受けて一年以上も経過しましたが、あまりにも回復の兆しが見られないので、I医師と面談をお願いして話をしたことがあります。I医師は、「説明は一応しました」との回答でした。しかし、私たちは、手術の危険性、合併症についての説明は全く受けませんでした。

説明時のことは、看護記録に残っているのでよくわかります。I医師は、手術の危険性を十分説明したつもりであったのかも知れませんが、私たちには、それが理解できなかったとか、わからなかったということではありません。理解できなかったのではなく、全く説明がなされなかったのです。

これは重要なことですが、看護記録には、手術の危険性や合併症については、全く記録されていません。

彼女の場合、軽度の脳内出血発病後十六日目でT市のN病院からG病院に転院し、リハビリが開始されるようになって以来、めざましい回復が見られ、I医師、S医師そしてK医師の三名の脳外科医はもちろんのこと、リハビリの先生方のすべての皆さんから、回復がめざましい彼女を特別扱いと思われるほど注目されていました。

私たちは、こうした対応に大変感謝していました。この親切な対応を、他の患者さんから羨ましがられ、また、恨まれるほどでした。彼女の驚異的と言われるほどの回復ぶりは医師の注目に値したと思います。

しかし、今から考えて、急に手術が必要となった経緯や、手術前の不適切でいい加減な説明をしたまま手術が実施されたことは、信じられません。

残念ですが、極めて不適切であり、人道的に許すことはできません。私たちにすれば、I医師はじめ病院全体を信頼していましたから、説明を曖昧にさせ、また、私たち患者側の慎重さを欠いてしまったのだと、今になって反省しています。

人間とは悲しい動物であると思います。信頼の上に立って成し得たことや、できあがったことであっても、ひとたび信頼が失われてしまうと全く逆の方向になり、それは丁度物体が落下してゆくかのように、加速度を増して落ちていくのです。

彼女への手術が、結果的に不本意なものとなり、不安におびえる彼女や私たち家族が、唯一、頼みの綱である医師に相談しようとしても、全く聞く耳を持っていただけないとなると、悲劇による悲しみや苦しみは一層回避できない状況となります。

手術を担当した医師の一人から、「あなた方の主張は間違っていない。脳外科について詳しい専門家を加えて病院と話すべきです」というアドバイスを受けました。

この医師とも絹子とは親しい仲であったはずなのに、医師同士の間で医療過誤の証言をしていただくことはできるはずはありません。詳しい相談をしようにも逃げてしまわれるので、やむなく第三者の判断に委ねざるを得なくなり、訴訟に至ったのです。

これまで公務員であった私が、私自身（家族）のことで県を相手にした係争は、まさに痛恨の極みであったことは言うまでもありません。

22 検査結果と手術の必要性 Ⅲ

手術後の説明については、その記録が看護記録に残っています。

手術が終了した十二月十日一七時三〇分頃、経過と手術結果についての説明がありました。執刀したI医師は私に、次のように説明されました。

先ず、手術は予定通り行いました。彼女の脳の血管は一般の人とは異なっていました。写真で見るのと現実とは多少異なるものです。一般には首から来る一本の太い血管が脳底で左右二本ずつ分かれているが、彼女の場合は一本と三本に分かれていました。したがって、動脈瘤の存在する血管だと思ってその血管をたどって進んだところ、その血管ではなく別の血管をたどっていました。しかも、脳が血管に食い込んでいる状態であったので慎重に行いました。血管の周辺には目の神経があり、それを少しずらしてクリップしたので、多少目に障害が現れることが考えられます。クリップした以外に、血管の薄くなった部分にはコーチングを行いました。慎重に撤退しました。

I医師からの説明はおおむねこのような内容でした。

さらに、(これも看護記録がありますが)医師からの説明は次の内容でした。写真の下部に、点々と白く見える部分は何かという私の質問に対して、「小脳の梗塞です。しかし、この程度の梗塞は、日常生活に支障になるようなことはなく、普通の生活をしている人はいるので心配ありません」と言われました。

この説明を受けて、私は一瞬ゾッとしました。その理由は、丁度その頃に同郷のMAさんが入院しており、彼女は小脳の梗塞が原因で平衡感覚が麻痺の障害のあることを私は知っていたからです。それでも、医師からは全く躊躇することのない説明であったことから、その場では「そうか、たいした問題ではないのだ」と、素人の私は説明を聞きました。

その場に居合わせた若いK医師は、別の作業中でしたが、不意に私の方を見られて、何か言いたそうなそぶりをされたように記憶しています。この説明時には、I医師は極めて忙しそうで、私たちへの説明時間が多く取れないことをＳ婦長を通じて通告を受けていたので、説明をセカセカ進められたことを記憶しています。

今になってからこのことを思い出しても、意味のないことになってしまいましたが、患者がこのような重度の障害を負うことになることを、この時点でＩ医師はもちろん、手術に立ち会ったＳ、Ｋの両医師は十分想定しており、Ｉ医師の唐突な説明があったのみで、ほかの医師らは全く無表情のまま口を固く閉じられていたことが私の不安を一層募らせたことを印象深く記憶しているのです。

また、手術前は週一回の部長回診のほかに、彼女の病室をのぞいて状態を把握したりされていたＩ医師は、術後は、回復が思わしくない妻の状態が続いていたため、全く病室を訪れることはなくなりました。このようなことが不安要素となり、私は、婦長を通じてＩ医師への面会を要請しましたが、多忙を理由に会ってはいただけませんでした。部長回診の日に、面会できないかと待ったこともありましたが、回診順序を変更して私との面会を避けるように、キヌコシフトが敷かれているのだと、病棟にはそんな噂さえささやかれていました。

23 シャント手術

シャント手術は、水頭症という脳の中に水がたまってくる病気を治療するために行われます。脳の中では、脳室という場所で、脳脊髄液（髄液）という液体が作り出されており、この脳脊髄液は、脳室の中から狭い道を通って、脳の表面に流れ出て、最終的には、血管の中に吸収されていきます。水頭症とは、脳脊髄液が脳室の中に通常より多量にたまってしまった状態を言います。この結果、大量にたまった脳脊髄液が、脳を圧迫することになり脳の働きに悪影響を与えます。

彼女は、手術を受けてから意識が戻らず、真夜中になって大声でうなり声を上げながらベッドから立ち上がろうとするように暴れました。開頭した部位からつながっている管や、腕からの点滴の管がはずれそうになるので、彼女をベッドに縛りました。

看護婦さんは不本意ながら仕方ないと、私に謝りながらベルトで手足を縛りました。

　このような状況に直面した私は、これが術後の一般的な状態なのかとおののきながらベッドの横で夜を明かしました。後になってわかったのですが、進んだ病院での動脈瘤のクリッピング手術は、脳をさわるわけではないので、医師が患者に対して、

「左右の手はしびれていませんか。両足は大丈夫ですか」

また、患者は「ハイ、大丈夫です」と手術を終えて部屋に戻った時点で、体に障害がないかを確かめる会話ができるのが当たり前なのだそうです。

　彼女の場合は、全くひどい状態でした。一緒に手術に当たられた若いK医師と看護婦さんが必死に対応して下さったのは、手術後の彼女の状態が異常だったということです。

　クリッピング手術後の彼女は、回復が思わしくなく、特に意識がはっきりしないまま一週間、十日が経過ました。ベッドに座ることすらできなくて、起こしても転げてしまう状態でした。

　術前の説明では、一週間ないしは十日間で退院できるということでしたから、どう

したのだろうと不安になり、説明を求めようとしましたが、Ｉ医師は多忙という理由で会っていただけませんでした。

何日か経過し、ようやく説明を受ける機会を得ました。そのときの回答は、「重大な手術を実施したのだから、そんなに簡単には回復しない」でした。私は、妻が普段より多くの排尿があるので、このような状態から推測して、水頭症ではないかという疑いを医師に告げました。

私の質問に対し、「何を言いますか、水頭症なら大変ですよ。必要な水だから簡単に抜くことはできない」ということでした。

それから五十日が過ぎました。ある日突然、婦長さんを通じて私に説明したいという連絡がありました。その内容は、「新たな事案が発生したので話したい。これはむしろ朗報である。患者の脳にたまっている水が前頭葉を圧迫していることが考えられるので、この水を抜く手術を実施する」ということでした。何が新たで何が朗報かわからないまま私は、今更という感じでした。「意識がはっきりしないのは、脳の水が前頭葉を圧迫しているのでは」という私の指摘に「ノー」の回答があってから一週間以上も経過していました。

一九九九年一月二十八日、シャント術が実施されて病室に戻った彼女は、驚くほど意識も視力もはっきりしていました。素人の私にさえ、これは成功したという実感がありました。

I医師を補佐した若いK医師は、「頭蓋骨の内側にある硬膜にわずかに穴を開けると、タラッと出るはずの髄液が、彼女の場合は噴き出した」と話されました。

この手術を受けてから、彼女の意識は次第にはっきりしてきました。しかし、合併症の障害の改善が全く見られず、医師からも、全くコメントはありませんでした。それはそのはずです。ずっと後になってからでしか私たちにはわかりませんでしたが、彼女には重大な医療過誤が発生していたからです。

24 プレゼントマニア障害

私はある日、これまで我慢してきたことが、急にこらえられなくなってしまいました。あふれる水が一度に吹き出したように、私の気持ちを制御できなくなってしまったのです。

手術を受けてから無口になってしまった彼女が、少し見当違いの話をするようになりました。それが私は我慢できなくなって、彼女の曖昧な話を否定したうえ厳しく話を遮断してしまうのです。私は彼女の、ほんの少しの思い違いでさえ手術によって発症した障害であるのに、許せないようになりました。

「そんなことはないでしょう」「それは違う」と、連発する私の方が変になっていました。

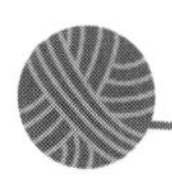

手術によって彼女は多くのものを失ってしまいました。この不適切であった手術への怒りは、被害者である彼女を叱っても仕方ないことですが、つじつまの合わない言動があったりすると、彼女には意識障害が残ってしまったと、その不安が私の頭から離れず、つい叱ってしまうのです。

彼女は、術後、日が経つにつれて別人のように変わっていきました。おそらく多くの方が体験されていると思いますが、ひとたび脳に障害を持つと、その人はどことなく元の人格とは異なる人間になってしまうような気がします。

くも膜下出血や脳梗塞などで病院に担ぎ込まれ、医療措置によって一命をとりとめ、その後、リハビリ訓練によって一定の機能回復が認められると、いよいよ退院となります。

「良かったね、おめでとう」と言われて退院します。患者本人はもちろん家族も、病院から解放され喜びを感じるのでしょうか。

しかし、自宅に戻った患者とその家族には、思いもよらないことが起こります。

彼女は、脳動脈瘤のクリッピング手術を受けてから極端に状態が悪化し、リハビリ訓練さえ受けることが不可能になってしまいましたが、それでも病院は、一方的に退院を迫り、妻は病院を追われるようにして退院しました。

彼女は、あるときから「プレゼントマニア」に陥りました。これは、私が彼女の異常さについて勝手に名付けた高次脳機能障害の病名です。

「高次脳機能障害」という用語は、学術用語としては、脳損傷に起因する認知障害全般を指し、この中にはいわゆる巣症状としての失語・失行・失認のほか記憶障害、注意障害、遂行機能障害、社会的行動障害などが含まれます。また、高次脳機能障害支援モデル事業における分析結果においても、記憶障害、注意障害、遂行機能障害、社会的行動障害などの認知障害を主たる要因として、日常生活及び社会生活への適応に困難を有するものが存在し、これらについては診断、リハビリテーション、生活支援などの手法が確立しておらず、多くの医師を探した結果、奈良県にお住まいのＹ医師らの努力によってこれが認められ、早急な検討が必要なことが明らかとなったところです。

彼女の場合は、お見舞いに来て下さった方、近隣、友人、ヘルパーさんにと手当たり次第に、繰り返し贈り物をするようになってしまったのです。自分では歩行はおろか車椅子でさえ満足に移動できず、訪問して下さる方としか話をすることもなく、寂しさのあまり、贈り物をすることによって気を紛らわすようになったのでしょうか。あるいは、声をかけて欲しいとか、相手になって欲しいとか、その理由もわかりませんが、コーヒーまたはお弁当の出前を近所のお店に注文したり、お菓子、洋服、宝石等々次第に金額がかさむ高価なものまで購入し、手当たり次第皆さんに差し上げるようになりました。こんな彼女のことを、私はプレゼントマニアと呼びます。

こうした金銭感覚の欠如も、脳手術によって生じる「高次脳機能障害」に挙げられています。

自分の力では全く何もできなくなってしまった彼女にすれば、お世話になる方々に何らかの謝礼がしたいと思うことは理解できても、ほどほどのプレゼントなら由として、手術による脳障害がこうした行動を惹起するとなれば、悲しみが一層増幅します。

この障害は、この頃次第になくなってきましたが、同時に、加齢と共に彼女の社会的判断能力が減退してきていると思うと、また、別の悲しみが深まってきます。

（二〇〇〇年三月五日）

25 症状変化と症状固定

手術を受けた後の彼女には、その後の経過と共に思いもよらない困ったことが起きてしまいました。一般的には誰でも、術後の経過を心配しつつ回復を楽しみにしているのは当然でしょう。しかし、彼女の場合は、一向によくなる兆しが見えないばかりか、「あれ、おかしいぞ」と思うようなことが次々に起きるようになりました。

手術前には、病院内はもとより晴れた日には病院の周辺や、お見舞いの友人と共に表の通りの喫茶店にまで出かけたりしていた彼女が、術後はベッドに座ることすらできなくなり、起こしてやっても「ゴロン」と倒れてしまうのです。左目の瞼は閉じてしまい、落日症状というのだと聞いて悲しくなりました。もちろん、ご飯を自分では食べられなくなりました。

手術前には医師から、「盲腸とは異なりますが、一週間か十日もあれば退院できます」という簡単な説明を受けて、これを信じていた私には、次々に起きる彼女の症状変化が、次第に恐ろしくなってきました。

一般的には、症状変化と言われるのは、患者が快方に向けて変化することを表現する言葉だと考えていましたが、彼女の場合は逆で、次々に現れる知覚、記憶、思考判断などが術前とは異なり、注意力や集中力が低下し、記憶も失われていることに気づきました。

そして、これほどまでに変わってしまい別人になってしまった彼女の症状は、回復の兆しも見られないまま症状が固定してしまうのではと思われるようになりました。

手術前には、驚異的と言われるほど回復が早かった彼女を、看護婦さんたちはもとより、医師の先生方も本当に親切にして経過を見ていただいていました。ところが、術後は、急に医師はもとより病院関係者の皆さんが彼女の部屋へは立ち寄ることもなくなりました。

「先生に説明を聞きたい」

不安な私は何度となく申し入れをしましたが、婦長さんは、先生は手術で忙しいとか、出張という理由で、I医師には面会することはできませんでした。

手術後の彼女の症状は、左片麻痺、歩行困難が大きな問題でした。もう一つ悲しいことは失禁になってしまったことです。歩けなくなったことに加え失禁こそ、この世の極刑を超えるような厳しく悲しいことなのです。さらに言語障害となり、声も他人の声に変わってしまいました。

もっと恐ろしいことがあります。平衡感覚欠如です。手術中に発生した小脳の梗塞が、彼女の平衡感覚を奪ってしまいました。

一、二、三の三秒すら立っていられない立位困難のほか、自動車など動くものを見たり、田舎の水田に溜まった水が風でさざ波になるのを見ても不安定になって転倒してしまいます。この他、意識障害、最近になって問題になっている専門的には「高次脳機能障害」と言われる障害が加わり、絹子が別人になってしまったような症状が現れるようになってしまいました。手術後にこうした恐ろしい症状を目の当たりにして、この手術の重大性に気づいたのです。それはもう、取り返しのつかない大きな医療過誤が患者本人はもとより家族を含めた多くの者に、襲いかかってきたのでした。

ようやく面談ができたI医師からは、これほど大きな手術をしたのだから簡単にはよくならない。また、この程度の小脳梗塞は普通の生活には支障はない、という、手術前の自信に満ちた説明はなく、歯切れの悪い高圧的なことばが聞き取れないほど低く弱くて、未だ経験したことのない深い谷底へ落ちていくような恐ろしさで私を震え上がらせるようでした。

「失禁のようですから泌尿器科の診察を受けさせて下さい」「意識がはっきりしないので」「ふさぎ込んでいて鬱症状ですから」などと訴えても、他の医療科には診察が許されませんでした。それは、妻の脳手術がうまくいかなかったことを他の医師らに隠すためのように思えました。

26 高次脳機能障害

病院から外泊の許可を得て自宅に帰り、一夜を過ごした彼女が病院に帰った夜は、表現できないほど重い気分になります。そのような生活を続けながら彼女が脳手術を受けてから三回目の冬を過ごそうとしていました。

平成十二年一月三十一日、雪と氷で覆われた郷里にある自宅から、脳神経外科の権威であるT病院のT院長先生を頼り、彼女をこの病院に入院させました。それは脳手術を受けたG病院を追われるようにして退院してから四ヶ月が経過した冬のことです。

T病院は自宅からは遠く、知り合いもいないので不安でしたが、冬を迎えて彼女の体調はすぐれず、動けなくなった彼女を冬装備をしたマイカーにやっとの思いで乗せて出かけました。外には重くのしかかるように積もった一面の雪で、庭も屋根も遠くの山も冷え込んでいました。雪が私たちを一層不安の底に陥れるような気分でした。

心の片隅では病院での治療はともかく、自宅療養よりも病院にお任せした方がいいという、気休めで自分をごまかそうとしていました。

入院中の土日には、外泊の許可を得て自宅に連れて帰るか、病院からは自宅より近い長男の家へ連れて行くようにしていました。

三月に入って、多少日が長くなったと感じるようになったある夕方、四時をまわった日曜日の病院はひっそりとして静まりかえっていました。この日も障害者用の駐車スペースに車を止めました。

「バタン」とドアを閉める鈍い音は、日曜日で静まりかえった病院の建物に反響しました。着替えの入った布製の手提げ袋は、地球温暖化と森林が果たす役割などの調査に愛媛大のメンバーと共にカナダに出かけたときの土産に買った彼女お気に入りのものでした。

車椅子の彼女と、この袋の荷物を降ろし、あたふたと病室まで押して行きました。

そのときは決まって二人は無言のままでした。「ググー」と玄関の自動ドアが開き、ロビーから照明を落とした廊下を抜けてエレベータで五階の病室に進むと、週末を病院で過ごした何人かの患者が、様々な格好でベッドに横たわっていました。

「ただいま」

手術を受けてから彼女は声が出にくくなって、やっと聞き取れるような低く弱々しい声で、誰に言うわけでもなく声をかけて、自分のベッドに近づきます。どんな想いでこの言葉をかけるのか。手術で多くを失った彼女こそ誰よりも悲しい存在であることは確かです。

気休めにも似た仕草で、私はベッドに並んで腰をかけて、少しの時間を病室で一緒に過ごします。無造作にテレビ画面は流れてゆきます。

別れ際に、

「水色のカーディガン、どこに行ったのかしら」

ベッドに座ったまま彼女がつぶやきました。そのひとことには、彼女の思い違いがありました。水色のカーディガンなどはあるはずもないことでした。私はハッとして彼女の顔を見返しました。

彼女の執刀医であるI医師が、G病院に入院中に、隣の患者の家族とその子供たちに対して「手術前のお母さんではなくなりましたが、私にはその理由はわかりません」と言われていた言葉が妙に私たちの記憶に引っかかっていました。

今になってハッとするこの言葉は、「脳手術は人間の性格を大きく変えてしまう」という脳手術に関する本で読んだことであったからです。

まさか彼女に当てはまってしまったのではないか。私は凍り付くような寒さと恐ろしさに襲われました。

「しっかりしてよ」

私は彼女に、つい言い返してしまいました。その言葉を吐く私には、高次脳機能障害という未だに医学界でさえ明確化されていない複雑な障害が脳手術を受けた患者に現れることが、少しずつ明らかになっていることを気にしていたのでした。

妻についてもこのわからない障害の暗い影を感じるようになったのも、丁度この頃でした。

帰ろうとする私を少しでも引き止めようとして、わざとそんなことを言い出したのだろうか。それとも障害か。私は、彼女の脳の機能はあの手術以来、狂ってしまっているのではないだろうかと疑ってしまうのです。

27 神はいつまでとおっしゃるの

「何だかわかりませんが、神は私にいつまで生きろとおっしゃるの」

「私なんか本当に困ったものです」

彼女は、途切れ途切れに吐く息の合間に、そうつぶやいています。

一日三回薬を飲むために、這いずってテーブルに近づいて行きます。ベッドから起き上がろうとしても容易に起きられません。もがき回っているうちに、どうにか目的の方向に体が移動するのです。これは大変なことなのです。患者本人と一緒にいる者にしかわからないことなのです。

彼女は、丈夫だった体を予防手術によって壊してしまいました。手術前の彼女は、軽度の脳出血を煩いましたが、三ヶ月も過ぎない間に驚異的と言われるほど速く元のの身体に戻りました。しかし、脳動脈瘤のクリッピングという予防手術で彼女を障害者にしてしまったのです。

彼女は、美しかった体を怪獣のように変えてしまいました。本人の意志とは無関係に、無意識のまま容赦なく尿も便も出てしまいます。二重三重にした紙パンツを通して、スカートも汚れてしまいます。また、「トイレに」と思って一生懸命行こうとしても体が動きません。ベッドから起き上がるのも容易ではありません。何度も何度も起き上がろうとしてももがき回り、障害のない右手でマットや布団のあちこちをつかんだり押さえたりして焦ります。そのうちベッドから崩れ落ちるようにして、ようやく床に体を運びます。這いずるようにしてトイレの方向に体を運ぼうとします。その距離は僅か四～五メートル、畳二枚か三枚分の距離なのです。たったこれだけの距離なのに、どれだけの時間が必要でしょう。ジッとその姿を見ている私は、彼女への言葉の表現すら失ってしまうほどの悲しさがこみ上げてきます。

私が、彼女を介助しようとすれば、「お父さんは明日も仕事だから」と手を差し出しても彼女は応じません。そしてお互いに無言のまま悲しい苦しい時間が過ぎます。

いるのです。

午前一時近くを指していました。彼女は必死にトイレへと体をぎこちなく移動させて行きます。ため息に似た呼吸をしながら、それでも一生懸命体を動かして移動させているのです。

「本当に私の体はどうしたというのでしょう」

「いつまでほんとに生きればよいのでしょう」

彼女の心の底からの叫びです。

限界を超えてしまった彼女の切なる思いがこの言葉や叫びとなっているのです。傍らのベッドで私は、彼女が戻るまでの間ジッと彼女の動きを見守っています。悟られないように息を潜め、寝たふりをして様子を伺っています。このとき、耐えられない悲しみ、そして苦しい時間の長さを感じるのです。

服毒してからよみがえったときの彼女の悲しい目、階段から転落したときの血だらけの顔。残酷で言葉にできません。

「昨夜は母が迎えに来てくれたわ」

とうに亡くなった母の夢を、彼女はうれしそうな顔をして言います。悲しいことで

すが、本当にそれが叶うことを願っていることが彼女の顔を見なくても読み取れます。可哀想で顔を見る勇気がありません。

（二〇〇四年十一月十九日）

28 護さんに伝えたいこと

まだ貴方にお話ししたことがないことがあります。―医師とその患者の方々のことです。

平成九年八月の夏は、名古屋から引越し、初めての田舎暮しに私は胸躍る思いでした。新居では、私が夢にまで見た庭づくりを、庭師の井上爺さんとともに始めました。お庭と奥庭造りでは、好きな花をいっぱい植え、この土地で貴方と二人で新しい生活を始めました。

二人の息子たちは、それぞれ家を持ち家庭を築いているので、孫を連れて我が家に来るのを心待ちにしながら、私達の残り少ない人生を有意義に過ごせるものだと信じて新しいスタートをきりました。

平成十年六月、田舎暮らしが初めての私は、慣れない生活のストレスから、軽い脳内出血でT病院に二十日間入院し、貴方に大変心配をおかけしました。その時、主治医であった医師のお勧めで、リハビリ治療を受けるために我が家に近いG病院へ転院しました。リハビリ病棟は四階でした。

そこでI医師と初めて出会いましたが、回診で驚く光景を目の当たりにして、私の心は縮み上がりました。それは、たまたま同じ病室に入院されていた患者さんのことです。

その方は、三回目の脳梗塞でほとんど動けない状態のようでした。確かご主人が付添っていらしたと思いますが、入院したばかりの私には何がなんだかわかりませんでした。病室のベッドの横のテーブルに食べ残した一切れの唐揚げがI医師の回診時に目に触れ、これが原因で即刻退院させられてしまいました。当日は、泣きながら病院から出て行かれました。

また、それから二、三日後のことでした。転院してみえた患者さんも、病院の洗面所で獣のような大声で泣いておられました。その泣き声は「ウオオーッ」と言う泣き方でした。その患者さんも、理由は判りませんが無理矢理病院を追われるようにして退院されて行かれました。このように、訳のわからない事が続きました。当時私は、ただ夢中でリハビリをして早く退院して家に帰る事だけ考えていました。I医師はそんな方だったのです。

私はそれから二ヶ月後には、四階から地下まで百段の階段を上り下りできるようになりました。リハビリの組み紐の材料も自分で調達し、腕の筋力を強くするためのやや重たい物の上げ下げ、病室から廊下のリハビリ教室までエレベーターを使わず階段を上り下りして足を鍛え退院の日を待っていました。

その後、退院が間近に迫っていたころ、退院のための検査があり造影剤を使っての検査を受けました。その結果、動脈瘤が二個あると言われ手術を勧められました。

そして、私の過去の病歴などを聞かれ、二十歳代に盲腸手術を受けたことを話しましたが、I医師からは、内容は異なるけどその程度のものだと言われ、どちらかといえばあまり深刻に考えないまま手術してしまいました。

しかし結果は悲惨でした。盲腸と比較して説明したI医師を恨みました。護さんの話によれば、術後の私は意識がはっきりせず自分の名前すら言えなく、中川と漢字すら頭にも浮かばず、これはどうした事かと訳もわからない状況が続きました。

それだけではなく、話も言葉も出てきません。頭の中は水がいっぱいで脳が縮んでいたのに、I医師の話では、私の脳は老化しているからそれが原因で回復が遅れているのだと主人に言われたとのことでした。しかし、脳外科の他の二人の先生の話によれば、手術中に動脈瘤が見つからず、脳をかまいすぎたからと言われました。その説明もI医師からは全く聞いていません。

そして十年余の月日が流れました。私は全く改善が見られません。未だにI医師からは何の話もありません。今、私がどのように生きているかご存じ無いと思います。

こうしたことは私だけではなく、十八年も前に手術を受けて未だに入院している人や、私より前に手術をしてまだ苦しんでいる人があることを先生は知ってみえるのかしら。

私達の人生・家族をめちゃめちゃにして平然としている一医師は、人間の血が流れているのかと疑いたくなります。

私は、足があっても歩けない。自分のしたいことが何一つできない。こんな人生を想像できるのでしょうか。そう思うと胸が苦しくなり生きている意味がわからなくなります。

そして介護してくださる護さんの事を考えると、動かない体でも何か恩返しをしたいといつも思っています。そのためには早く少しでも歩けるようになりたいと毎日願っています。

（二〇〇九年六月十七日）　絹子

29 私の脳を返して

「私は何故でしょう。何もかもわからなくなってしまいました」

と、妻が訴えました。

そういえば妻は最近になって、「わからない」という言葉を多く発するようになりました。妻は、障害を抱えるようになってからも、多くの本を読み、その読破スピードは若い頃から衰えを見せず、次々と購入の希望をしてきました。さらに、昼間はテレビを見る時間が長くなって、あらゆる情報を吸収し、政治、経済にも関心が高く、私が帰宅すると待ち構えていたようにその日のニュースを話しかけてきました。野球、サッカー、ラグビーなど、スポーツに関しては、若い頃からもとてもよく知っていました。その彼女が、最近になってこうした話題を挙げることもなく、言葉少なになりました。そして、わからないと言うことが多くなったことに気づきました。

私は、手術によって開頭した人は、認知症状が早まることについて記されていた本を読んだことを思い出して、妻のことが気になっていました。

そしてあるとき、妻と共に出かけた帰り道に、通い慣れた我が家への道であるはずにもかかわらず、彼女のふるさとに近づいているようなことを口にしました。私は驚いて、そのことを訂正しましたが、妻は、その後は黙り込んでしまいました。

「私はどうしたんでしょう。なんだかわからなくなってしまった」

と小声でつぶやくように言いました。

また、あるときは、「この道は通ったことがあるね」と、今度は、以前に通ったことのある道を、記憶を正確に呼び戻しているようなときもあって、「昔通ったね」と、喜びを込めて私は答えました。

妻はこの頃、確実に記憶を失いかけるようになりました。私は、とても深い悲しみがこみ上げてきました。

妻は、脳動脈瘤のクリッピング手術を受けた後、重度の障害を抱えたまま追い出さ

れるようにして退院し、自宅で療養することになりました。自宅では、療養とはほど遠く、不自由な生活が待っていたのでした。

起床して、立つことすらできない彼女を、苦労をしながら着替えさせて居間に座らせるだけで大事です。大きなため息と共に、手術をした執刀医と病院名を、うわごとのように何度も口走ります。私がそれに応えると、極度に怒りがこみ上げるかのように、私をにらみつけます。その顔は、これまでに見たことのない怖い顔でした。

車で出かけて、手術を受けた病院の近くを通過するときも、極めて不機嫌になるのでした。テレビを観ているときも、医療の話題となると、突然スイッチを切ってしまいました。

すべてのことを否定するようになりました。二人の会話中で、話題となる人をすべて否定しました。元気に歩いている女性の姿を見かけると、私に対して猛烈に批判しました。「そんなことはないでしょう」と言うと、「あなたは何故、あの人のことをよく言うの」と返すのです。

「私の脳を返して欲しい」

妻は、そのことを繰り返し言うようになりました。

「何故なのお父さん、私は何もかもわからなくなってしまいそう」

その言葉を聞くようになって、最初のうちは、ただ悲しみがこみ上げてきましたが、あるとき、「何故あの病院がいいと言ったの」と何気なく言ったひとことで、私は耐えきれない重い責任を感じるようになりました。

「私の脳を、返して欲しいよ、今すぐ」

誰に言うともなく吐き出すようなこの言葉に、私は目を閉じて耐えるしかありません。

30 二度とこの不幸を繰り返さないために

私は、決して医師を攻撃したり、病院を誹謗する目的でこの本を書いたのではありません。この不幸を二度と繰り返さないためにという強い思いがあります。

手術に立ち会われた医師の一人から、「これは重要な問題であり、脳医学の専門家と共に病院と話をすべき」とアドバイスをいただいて、訴訟に至ったのです。とても不本意なことでした。

そもそも、リハビリ目的で入院した妻が、順調な回復をしていよいよ退院間近の頃は、リハビリの先生も脳外科の医師の皆さんからも、脳検査の必要はないと言われていたそうです。それを押し切ってI医師は妻の検査をすすめ、脳動脈瘤クリッピングという予防手術を誘導したのでした。

二十年前のことですから古い話ですが、この医療過誤は医療施設も十分とは言いがたい山村の公共医療機関で、当時、花形であった脳外科では、行政からもてはやされて有頂天になった一人の脳外科医の暴走によるものでした。

医師としての名誉欲が最大の目的で、短期間に複数の患者を手当たり次第に施術した結果こそ、こうした不幸な結果を生んだのでした。

長い年月が過ぎて今もなお、私は救急車が通過するたびに気持ちが重くなります。サイレンを鳴らして山間を縫うように道路を通過して行くと、妻が受けた手術の日のことを思い出して、搬送されている人がお気の毒でたまりません。

高齢者の多い山村では、毎日のように脳疾患などで救急車を要請する頻度が高まり、そのたびに無事を祈るのです。

どうすれば絹子が被った不幸を避けることができるのでしょう。救急車の通過のたびに身震いするほどの寒気を感じます。

不幸にして病気を発症すれば、医師のお世話にならなければなりませんが、今では

医療施設は新しくなり、最新鋭の機材は整備されています。しかし、山村では、必要な医師やこれを補佐するスタッフが揃っているわけがありません。藁をもつかむ思いの患者に対し、それぞれのニーズに応えられるはずがありません。患者は、一人ひとりが強い不確定要素を持って運び込まれるわけですから、的確な治療を求めようとしてもそれは無理なことなのです。山村の多くの自治体は、経営が逼迫していて、おまけに全国的に医師不足の中で山村に来ていただける医師の確保は困難です。

私は、田舎暮らしですから集落のほとんどの方々が知り合いです。不安そうなご家族から患者がどんな容態かを聞いて、手術は極力控え、慎重に治療方法を相談するようにとアドバイスをしています。それは、医師への不信を煽るのではありません。医療行為は、私たちが思っていたような科学的で万能な治療や診療ではないのです。ひとたび手術を選択すれば、他に治療方法はないからです。

私は当時、合併症については言葉すら知りませんでした。医師から伺ったことなど全くありませんでした。その証拠に、そのとき立ち会っていただいた看護婦さんの看護記録にも全く記載はありませんでした。

妻の手術が行われた丁度その頃、アメリカの医学界では、脳動脈瘤が破裂する危険率より、脳を開頭して脳手術を行って生ずる障害の発症率が遙かに高いことが報告され、アメリカの医学界では、開頭して脳手術を行うことを禁じたと報道されたと新聞記事を見て知りました。それは後の祭りで、妻の手術が終わり、多くの障害を負ってしまってからのことでした。

このようなことが起きないために、まず、何をどうするか、ある資料にはこのようなことが書かれています。

（1）気持ちを落ち着かせる

私たちや家族は、発病すると先ず動転してしまいます。その上、病名を伝えられると、気持ちがあせってしまいます。私たちの場合もそうでした。郷里に帰り、新たに第二の職についたばかりでした。じっくり考えることはなかなか難しいものです。まずは気持ちを落ち着かせなければなりません。

病気にはその状態によって色々な治療法があり、それぞれの患者に適した治療を選ぶことが大切です。

(2) 地元の医師を信頼する

私の場合は、医師を信頼しすぎて結果的にとんでもない横暴な医師を選ぶことになりました。山村では多くの医師がいるわけではありません。私たちは、一ヶ所しかない公共の医療機関に自動的に搬送されます。その医師を信頼するほかはありません。また、かかりつけの医院とは常日頃から信頼関係を大切にしておく必要があります。

(3) セカンドオピニオンの活用

病気と闘うには自分自身の病気や治療法について、医師によく質問することが大切です。そして、医師との相談や治療方法について、よく相談することが大切です。意見が合わないからすすめるのではありませんが、「セカンドオピニオン」について、考えてみることです。私の場合は、他の医師に相談するなどとはとても考えられる状況ではありませんでしたが、しかし、重い病気については、今かかっている主治医の診断内容や治療方針などについて、主治医とは別の医師の意見についても考慮できるようにすべきだと思います。思い切って「別の医師の意見」を聞いてみることも必要です。

（4）病気に負けないこと

最後に大切なことは、病気に負けないことです。二人に一人の確率で癌になると言われるようになって、私の周辺にも多くの癌におかされた方がいます。

しかし、大きな手術を受けた妹夫婦は二人共元気になりました。旦那は治療の途中で、このまま治療を継続するとゴルフができなくなると言って中途で退院してきました。今では、毎週ゴルフに出かけています。妹は、長年の仲良しグループで飛び回っています。同級生の従弟は、彼もまたゴルフ好きで、近頃飛距離が伸びなくなったなどと言いながら毎週出かけています。

病気になっても、決して負けないで信頼する医師と相談し、進んだ医療を信頼し、

最適と言われる治療を受けたら、後は楽しく治療に励み、一刻も早い回復を目指すことです。

万一、病気にかかっても、落ち着いて慌てず、医師によく相談して、重い病気の場合は別の医師の意見も考慮して最終決定をすること。そして、決して弱気にならないで病気に勝つこと。絹子のような不幸にならないようにしていただきたいと思います。

31 絹子櫻花

私の家の前の畑には、大きくなったソメイヨシノの木があります。この桜は、絹子が我が家へ嫁いできた年に植えた記念樹です。

毎年、四月中旬頃には、薄いピンク色のやや大きめの花が満開になり、道すがら見事なこの桜を見て通る人や、地域に住む人たちの馴染みとなっています。

近年、より多くの花びらを付けるようになり、荘厳さを増してきたので、満開になるとこの木の下で親しい人たちが集まって花見をするようになりました。

私たちは、一九六五年五月に結婚したので、この木の樹齢（年齢）は五十四歳になりました。根元の直径は五二センチ、この桜が開花すると、長さ七メートルの大きさの舞扇をいっぱいに開いたように花が咲きます。夕暮れにはライトアップして四方かの白無垢（しろむく）の光が当たると、妻の部屋からの眺めは、文金島田に白絹の角隠し（つのかくし）をし、白無垢の打掛姿（うちかけ）の花嫁さんのように見えます。

私たちは、若い頃には、勤務の関係で名古屋など各地に転勤していたので、この桜が育つ頃の記憶はあまりありません。今は亡き父が、毎年、春に桜花が散ると肥料をやって大切にしてくれたそうです。

妻は、私たちが帰郷してすぐに病に倒れ、その後、重度の身体障害者となったので、元気な身体で桜の満開を迎えたことはありません。

それでも、車椅子に乗せて満開の桜の木の下まで連れて行き、地元の皆さんが集まる賑やかなお花見の中に加わりました。

桜は、年を重ねるごとに見事な花を付け、ますます美しさを増してきます。満開時期に雨が降っても、多くの方々がこの桜の美しさに惹かれるように立ち寄って行くのが目立つようになったので、私は、その時期になると必ずライトアップをします。

夕暮れになって点灯すると、妻がよく見えるように部屋の窓際まで椅子を移動してやります。

そのたびに、この桜は私がここに来た年に植えたものだと、当時のことを感慨深く語りかけます。妻はその頃の記憶を鮮明に思い出すようにして、明るい表情を見せます。

「そうだよ」と相槌を打つ私は、そのときだけでも元気な顔になる妻をいとおしく思います。

いつ頃からか、この桜を、兄弟も近所の人たちも、「絹ちゃんの桜」と呼ぶようになりました。

温暖化の影響で、桜の開花時期が大幅に早くなりそうだと報じられる今年の開花はいつになるのでしょうか。

私たちが長く住んだ名古屋では、私の転勤が決まると決まって鶴舞公園の一角で同僚が送別会を開いてくれました。地方へ転勤して数年後に再び名古屋へ戻った私の勤務の思い出は、四月一日が公務員の移動の辞令公布日でしたから、満開の桜が市内を覆っている中を、妻と新しい赴任先へ急いだ若い頃のことがよみがえります。

役所で辞令交付を受けて帰ると、応援に駆けつけてくれた同僚の指揮を執って荷造

りをしてくれたことや、お昼になって荷物の間の僅かな隙間で、皆さんと出前のお寿司を食べたときも、元気に動き回っていた妻の姿がありました。

妻はどんなことを思いながら「絹子櫻花」の開花を待っているのでしょう。あの頃の、意気揚々としていた私たち二人の当時を、桜の花が思い出させてくれるのです。

（二〇〇〇年三月五日）

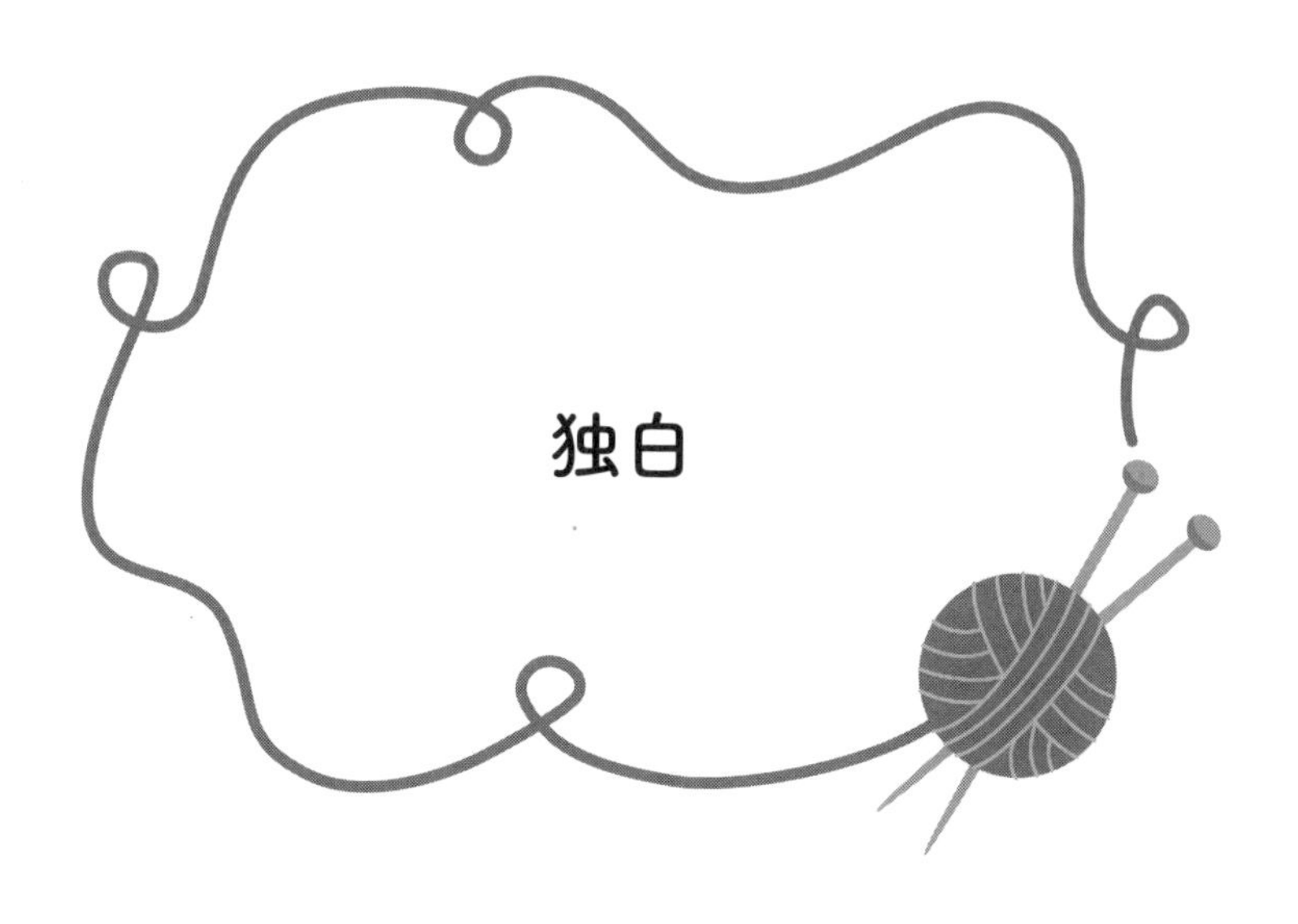

独白

絹子のこと

作家プルーストの『失われた時を求めて』（井上究一郎訳／筑摩書房）を模倣するのではありませんが、闘病生活二十年を超える妻と、それを介護する私のこれまでを振り返れば、昔読んだ本のこのことばが頭に浮かんできました。

私は、林野庁勤務を終えて郷里に妻絹子と共に帰郷し、第二の人生を送ろうとした矢先に、妻が軽い脳内出血で倒れました。これが引き金となって脳検査を受けた結果脳動脈瘤が発見され、後になって判明した不要だったと思われるこの脳動脈瘤クリッピング手術の失敗で絹子は重度障害者となり、急転直下二人は奈落の底に落ちてしまいました。そのとき、妻は五十九歳、私は五十五歳を迎える春でした。

快活な妻は、歌こそは唄いませんが、スポーツは専売公社勤務時代からバレーボールが得意で、日曜日には狭い官舎の庭へ当時小学生だった二人の息子と共に駆り出されて相手をしたものでした。

二人の子供が大学を卒業した頃の妻は、子育てから解放され、仕事以外には目もくれないモーレツ社員と呼ばれた私にかまわず、一人で東京など各地に出かけました。何日も家を空けることも頻繁で、帰宅すると多くの資料を広げてその様子を楽しげに説明してくれる様は、NHKテレビの人気番組「ブラタモリ」ならぬブラKINUKOでした。

彼女が得意なのは、何と言っても本誌に掲載した「編み物と刺繍」、そのほか、読書のスピードは卓越しており、家事をしながらでも一日一冊は読破する力を持っていて、私や、離れて暮らすようになった子供たちに、本の購入をせがみました。

テレビは、スポーツ観戦のために電源を入れたまま、得意なバレーボールはもとよりプロ野球、サッカー、ラグビー、相撲など観ており、選手のことまで何でもよく知っていました。

しかし、アウトドアはあまり好まず、山に囲まれた私の郷里に帰ろうという意見には賛成ではありませんでした。それぞれ好きな生き方をしようという話がまとまらない間に、私の退職で官舎を出なければならなくなり、彼女は不本意ながら私の郷里に移住せざるを得なくなったのでした。

田舎に移り住んだ当初は、新築した母屋の隣の古い家を改修して編み物や刺繍を近所の人たちとやりたいとその準備をしていました。その頃、居候をしていた母の友人の九十過ぎの庭師のおじいさんと、庭造りを楽しんでいました。

脳手術は、患者の人格をも変えてしまうと言われるように、快活で明るい妻は手術後、全く別人になってしまいました。

初めのうちは、「私は必ず自分の力で歩いてみせる」と言っていましたが、平衡感覚の欠如で、肘掛け椅子以外には座ることもできなくなり、手摺りに摑まらなければ三秒すら立つこともできません。

左半身は麻痺し、その左手は動くことは動きますが、力が入らなくなり編み棒すら

操作できません。得意な編み物など、器用だった手を奪われた後も、そっと挑戦するものの、思い通りに指は動かず、長時間かけて焦って編んだ僅かの「ゴム編」も歪んでしまって、大きなため息をついていました。

彼女は、声も別人の声になりました。性格も、手術以前とは大きく変わりました。変わり果てた自分の姿について、その無念さは計り知れません。そんな身体になった自分が認められず、農薬や洗剤を飲んで服毒自殺や、這いずりながら階段に吊した帯に首をかけて自殺を図ることが何度もありました。

闘病二十年、彼女はこの間に転倒事故で両方の大腿骨骨折をし、複雑な手術の末、現在は金具で繋いだ大腿部となり、左側が地面から浮き上がって常に内側に変形する足になりました。

私が海外出張の際は、市内の介護施設にショートスティで入所して、留守中は施設で生活していました。最近のことですが、新しく開設された介護施設に入所中に暴行を受けて、硬膜下出血を発症し、頭部及び顔は腫れ上がり皮下出血して、怪談の「お岩」を思わせる顔になったこともありました。

暴行により硬膜下出血などの傷害を受けた際の恐怖がトラウマになって、強烈な心的外傷体験をきっかけに、実際の体験から時間が経過した現在も、フラッシュバックや悪夢による侵入的再体験、イベントに関連する刺激の回避、否定的な思考や気分、怒りっぽさや不眠などの症状が持続するＰＴＳＤ（Post Traumatic Stress Disorder）障害を抱えてしまいました。

したがって、ときには私に対しても急に攻撃してくるなど、恐怖を避けるような態度をとるようになりました。これも耐えがたい悲劇で、本人はもとより、私自身も困ってしまう状態となりました。

私は、一九四二年生まれで七六歳となり、健康体でも介護は困難となり、とうとう妻を施設に入所させることになりました。

山村地域では、介護施設が不足し、また、介護職員が不足する中で、ケアマネージャーやヘルパーさんらの勧めで、数年前に私の介護が困難となった場合を想定して申込みだけは済ませておこうと予約した施設が、このたび空きができて、このチャンスを逃して先送りした場合は、再び入所するのは困難になるという説明でしたから、遂に入所させることを決断したのです。

妻自身の気持ちを考慮する余地もなく入所が現実になって、本人の気持ちを察すると、痛恨の極みです。まだまだ私が介護できるのではないか。妻が自宅で生活する権利を奪ってしまったのではないかなど、強い憤りと絶えがたい悲しみを、妻も私も背負ってしまいました。

脳動脈瘤のこと

脳動脈瘤は、脳の動脈の分岐部にコブができたり、血管の一部が膨らんだりした状態のことです。妻絹子の場合、脳外科の複数の医師らがその必要はないと言われたにもかかわらず、傲慢な部長医師によって、強引に脳検査が進められました。その結果を部長医師は、「やっかいなものが見つかりました」と私に告げました。

さらに説明は、「今夜破裂するか、明日かも知れない」。四ミリ程度の脳動脈瘤が二個あるというのです。私は、導火線に火が付いた爆弾を抱えたような恐怖を覚えました。このまま放置すれば今夜にも、いや、明日かも知れない、それはいつになるかわからないが、見つかった以上は手術するのが好ましいという衝撃的な説明でした。こんな説明を受けて、冷静にしていられるはずがありません。増して、手術を待って下さいなどと拒否することなどできるはずがありません。

脳を写した写真では、動脈瘤があるという箇所を指されても、その部位が膨らんでいるかどうか、私にはわかりませんでした。そのときの記憶では、医師が指した箇所は、血管が写真の奥の方向に折れ曲がって写っており、その部分が膨らんでいるとは思えませんでした。

全く知識のない素人の私が、そのとき、漠然と感じたことが、後になって重大な問題に展開していくなどとは、全く想像できませんでした。二個あるはずの動脈瘤のうち、一個はクリッピング手術され、さらに残るはずの一個が今では見つからないと言うのです。これは、本格推理でも考えつかないミステリーと言えます。

さらに、説明では、絹子の血管は年齢より老化していて破裂しやすいと言われました。これを聞いて私は、夢も希望も消え失せて落ち込みました。しかし、今になって思えばこの言葉も、当時、妻が手術後に回復しない本当の原因を隠すための口実であったとしか考えられないのです。

日本では一九八〇年代後半から急速に、ＭＲＩ（磁気共鳴画像）やＭＲＡ（磁気共鳴血管撮影）によって脳ドックが普及しました。脳ドックの最大の目的は、未破裂の脳動脈瘤を発見することです。この検査には四万円以上の料金がかかりますが、病院はこの検査をして脳手術を行うことによって高額な医療費収入が見込めます。当時、病院の掲示板には、巷で騒がれている脳ドックによる脳動脈瘤の早期発見と予防手術の必要性と、これの推進こそ山村における成人病対策だと、公共医療施設の使命を誇張するような新聞記事が、知事と絹子の執刀医の顔写真入りで掲示されていたことを明確に記憶しています。

発見された絹子の脳動脈瘤は、破裂するかしないか、また、破裂するとしてもそれはいつになるかわからないのに、見つかったからには手術するしかないと、無謀な予防手術と言われる治療が、この時期に急激に進められたのでした。

こうした「脳動脈瘤狩り」とも思える脳検査とクリッピング手術によって、多くの合併症などの障害を抱えた患者が急増したことも事実です。

後になって、絹子が手術を受けた病院にも、人知れず廃人同様の身体になり、病院をねぐらにした付き添いの家族の存在などを知って、医療の本質や医療の持つ不確実

性、非人道的対応に対して、身震いするほどの怒りと共に、罪のない被害者絹子に処せられた凍りつくような刑の冷酷さを許すことはできません。

手術は、破裂を防ぐために、全身麻酔をして皮膚を切開し、頭蓋骨を外します。骨と脳の間には硬膜という硬い膜があるので、これを切開し脳を露出します。顕微鏡を使って動脈瘤を確保した後に、動脈瘤の頚部に金属のクリップをかける（脳動脈瘤クリッピング術）のです。このような恐ろしいことが絹子に行われることなど当時は想像すらする余裕が私にはありませんでした。

絹子の手術は、予定された時間より大幅に延びました。そして、手術が終わっても、医師からの知らせはありませんでした。待合室の窓越しに、医師が手術室を出て行かれる姿が見えたので、手術が終わったことに気づきました。

その後、しばらくして手術台に乗った妻が病室に戻ってきました。目を閉じたまま眠っていました。頭から何本かの管が伸びていて、痛々しい姿でした。一番若い医師が、一人で病室の機器にコードを繋いだり、頭部の傷口辺りをガーゼで拭いたりしていました。その部屋は集中治療の設備はありませんでした。その間も妻は全く動くことはありませんでした。

本で読んだ脳手術後の患者の状態とは、大きく異なっていると思いました。一般的には、術後、部屋に戻った患者に対して医師が、「どうですか、手は動きますか、足は動かせますか」と呼びかけて確認すると書かれていたことを思うと、全く想像が付かない状態でした。

妻は、くも膜下出血を生じた（破裂した）脳動脈瘤の手術をしたわけではありません。元気なまま、「行ってきます」と手を振って手術室に入りました。

それなのに、死んでしまったような状態で戻ってきた絹子を見て、医療過誤が起きていたことなどは誰も知る由もありません。

しばらくして、執刀医からの説明では、

「手術は成功しました。彼女の場合、当初はこの血管だと思って動脈瘤を探しましたが、実は別の血管にありました。それで時間が長引きました。映像で見るのと実際とは異なることがあります」

ということでした。そんなことが本当にあるのでしょうか。彼女にはとても残酷なことに思えました。ますますこの手術には、疑いの念を禁じ得ません。

絹子の手術は一九九八年十二月に行われましたが、その翌年、一九九九年八月二十六日（木）の朝日新聞の「窓」（論説委員室から）の記事には、次のように書かれていました。絹子の場合ととてもよく似た内容なのでそのまま引用します。


ことし五月、母が脳の手術を受けた。

何か病気の症状が出たというわけではない。磁気共鳴断層撮影（ＭＲＩ）検査で、右脳に直径一センチ弱の動脈りゅうが見つかったためだ。

「破裂すれば、いわゆるクモ膜下出血です。確率は年二―三％。十年間なら、さらに高まります」。医師からは、こう告げられた。

七十八歳という年齢を考えれば、このまま無事に余命を過ごす可能性は高いはずだ。しかし、心臓に人工弁を入れていて、血液の粘りを少なくする薬を飲用している。動脈りゅうが破裂すれば、激しい出血で脳がダメージを受けかねない。

手術は、予定より一時間ほど長くかかった。執刀医の説明では、動脈りゅうをクリップでふさぐ際、こぶの付け根が破れ、その処置のために動脈を三十分ほど二回止めたという。

結果的に脳こうそくを起こしたのと同じ状況になり、左半身が不自由になった。三カ月たったいま、チューブは取れたものの、意識は十分に回復していない。歩行訓練などのリハビリテーションはこれからだ。

それにしても、医療技術の進歩が常に幸福をもたらすわけではないと、つくづく思う。

ＭＲＩ検査が普及したことによって、脳の中の状態を簡単に調べられるようになった。元気な高齢者でも、動脈りゅうが見つかるのは珍しくない。

わかった以上、手術に踏み切るのは自然の判断だ。それにより、命にかかわる病気を未然に防げるケースはもちろん少なくないだろう。半面、後遺症に苦しむ人も一定の割合で出る。

「知らぬが仏」という言葉がある。いままでは動脈りゅうを抱えていても、かなりの人が知らずに一生を終えられた。

予防手術の効用を認めつつも、思わぬ災いに戸惑いと後悔を感じている。

この記事は、絹子が手術を受けてから一年後のことでした。年齢は、絹子は五十九歳で異なりますが、あまりにも絹子と同じ状況ですから、絹子のことが書かれたのではと思うほどでした。

それまで、執刀医の言葉を信じ、絹子は必ず回復するものと思っていた私は、この記事を読んで唖然としました。全く無知であった私は、絹子の術後の状況が思わしくないので不安のあまり、脳手術についての文献や資料を読み漁りましたが、ときすでに遅しでした。

日本では、予防手術が進み、その結果四～五％の確率で後遺症が残るとされていましたが、欧米では九～一三％とされていました。

その後、未破裂動脈瘤の破裂する危険率は、日本では年間一～二％と言われていたのに比べ、米国の医学誌には、「一〇ミリ未満の動脈瘤の破裂率は、〇・〇五％」という大規模研究の結果が発表され、日本では大騒ぎになりました。

破裂する危険率より、予防手術によって後遺症の発症率の方が遙かに高いことが明確になったからです。

それと、もう一つ絹子の手術で重大な事実が発見されました。このことを私が知ったのは手術後十年以上も経過した後のことでした。

絹子の手術は、クリッピング手術中に、クリップした血管の裏にあった健全な血管をクリップの金具でふさいで血流を止めてしまっていました。このことが原因で小脳の梗塞という大きな医療過誤が発生し、多くの後遺症に苦しむ身体になってしまったのです。

現在もこの金具は絹子の脳に入ったまま残されています。こうした重大な事実でさえ、医師からそのことについて知らされない限り、患者は、事実を知らないまま過ごしていくことが多いことを、身をもって体験してしまいました。

合併症

私は、手術前には合併症という言葉さえ知りませんでした。

合併症（がっぺいしょう）（complication）とは、「ある病気が原因となって起こる別の病気」または「手術や検査などの後、それらがもとになって起こることがある病気」とされています。

脳手術では、手術中、手術後の頭蓋内出血、脳梗塞、手術による脳損傷があります。脳動脈瘤クリッピング術の際、最も問題となるのは手術中、手術後の頭蓋内出血と脳梗塞です。一度破裂した動脈瘤は出血しやすく、手術中に動脈瘤に到達する前に破裂した場合に出血が止められなくなったり急速に脳の腫れがつよくなり手術ができなくなる可能性があると言われます。手術中に脳に栄養を運ぶ動脈を損傷したり、絹子の場合のように遮断すれば、その結果脳梗塞を生じる可能性があります。また、いかに注意深く完全な手術をしたと思っても、手術後に脳内出血などの頭蓋内出血が生じる可能性や現在機能している脳あるいは神経などを損傷し、様々な神経後遺症（意識障害、運動障害、失語、高次脳障害、視野障害など）を生じる可能性があると文献で知ることができます。

絹子の場合、最初は軽い脳内出血によって左半身が僅かに麻痺しました。手術の必要もなく、T市内の病院から自宅に近いこの病院へリハビリ目的で転院したのです。

そのリハビリ治療もクリアして、いよいよ退院間際になっていたのに、再び危険性の高い予防手術を受けてしまったことは、たとえ完璧な手術であったとしても脳に重大な負荷をかけて、麻痺症状が再び重くなることも、後になって知りました。

手術の際に発症した小脳梗塞によって、全身が麻痺してしまったことは最大の問題です。その他、声が変わってしまったこと、視力、聴覚、味覚が衰えたこと。文字が書けなくなったことのほか、文章では書き切れないほどたくさんの高次脳機能障害などの複雑な障害も抱えました。これが合併症です。別人同様になってしまいました。

若い頃、子育てなどでいらいらして頭痛を訴え、親しかった開業医さんから抑鬱的症状に効果があるというアモキサン（気分が落ち込んだり、悲観的になったり、やる気がでない、眠れないなど、心の症状を改善。また、不安や緊張をほぐすなど気持ちを楽にする。うつ病のほか、パニック障害、過食症などいろいろな心の不具合に応用）という薬が処方されていたことを理由に、妻は鬱病扱いされました。後に、この薬を絹子に処方した開業医の先生から、「私のせいで迷惑をかけた」という手紙が届きましたが、その内容には鬱病と鬱症状とは明らかに異なるものという説明が書かれていました。

手術した執刀医は、手術結果が思わしくなく障害が多く発症した原因を、絹子自身の問題にすり替えようとして、次々と私たちには理解できない医学的な説明をしてきました。その頃は私たちにはどういう意味を持っているかなどはわかりませんでした。

右の顔面が徐々に窪んでいくことも恐怖でしたが、私は絹子にはそのことを伝えませんでした。開頭する際、頭蓋骨を一部切除されたりすると、手術後に頭蓋骨が変形してくることも、後になってわかりました。女性である絹子にとっては年齢が高いとはいえ重大な問題でした。

失禁するようになったことは、絹子はもちろん私たちにとって大きな障害のひとつでした。外出させる際には、漏れないようにあらゆる方法をとりました。効果を期待してパッドの種類をどれほど選択したかわかりませんが、どれも期待する効果は得られませんでした。

入院中に、失禁について執刀医に治療を訴えましたが、泌尿器科の診察を受けることも執刀医は許しませんでした。それは絹子が、手術によって多くの合併症を負ったことを他の医師に知られるのを避けていることを、私たちは感じるようになりました。

インフォームドコンセント

今になって悔やまれることは、裁判の争点を「インフォームドコンセント」としたことです。インフォームドコンセントとは、受けようとする医療行為について、その目的や方法、予想される結果や危険性など、患者である私たちが十分な説明を受け、理解し、そのうえで初めて同意するという意味であり、私たちの場合も、いいことばかりの説明ではなく、万一、うまくいかなかった場合の厳しいことも説明して欲しかったと思います。当然、そのようにしていただくべきでした。

弁護士さんの意向もあって、医療過誤ではなくインフォームドコンセントを争点としたのですが、私の意識の中には、公務員時代が長かったからでしょうか、頭の片隅に医師の尊厳を傷つけることは避けたいという思いがありました。

私には、公務員の使命感から、公共医療施設の医師が同じ公務員であるという仲間意識が片隅にあって、職務専念の義務を忠実に果たそうとする公務員像は、何人たりとも打ち壊させないという思いがあったことと、明瞭な医療ミスがあったことなど当時はわからなかったので、医療過誤を争点にしなかった理由でした。

しかも、手術は完璧で成功するという自信に満ちた説明を受け、それは誠実に努力を重ねてきた医師のあるべき姿だと、心から拍手を送り、尊敬の念すら抱いていました。

ところが手術が終わってからは、面会すら拒否して逃げ回り、回診も絹子だけは避けるという卑怯な態度をとるようになって、私は地方の公共医療機関に勤務する医師やこれを支える職員の態度に落胆しました。

今になって、実際に絹子の脳には、手術が必要な緊急性のある動脈瘤が存在しなかったこと（手術が必要でなかったこと）、さらに、術中に、クリップした裏側にあった健全な血管の血流を遮断してしまい、その結果、小脳に梗塞が発生し重大な医療過誤が起きてしまったこと。本来ならこのこと（医療過誤）を争点として裁判に訴えるべきであったと悔やんでいます。結局、裁判は、添付したとおりむなしい判決となりました。

私たちの場合は、「今夜破裂するかも知れない、明日かも知れない」、そして、「一旦破裂してからでは、手術は血の海になり、死亡するかもしくは植物人間になる」という恐怖感を与えられ、「見つかった以上、手術するのが一般的です」と、手術以外にどうしようもなく、避けられないものと感じてしまいました。

そして、「盲腸よりは複雑ですが、この病院に来て六年間、一度も失敗はしていない」、さらに、「一週間か十日で退院できる」「正月は家族で迎えられます」という、安心感を与える説明を受けました。インフォームドコンセントが十分であったかと言えば、裁判で被告医師は十分な説明を行ったと嘘の証言を並べましたが、全くお粗末な状況でした。

それでは、説明を受けた私の方はどうであったか。そのときの状況を思い起こしたいと思います。

正直に告白すれば、私は、妻に対していくつか謝らなければならないことがあります。一つは、この病院を選んだこと。もう一つは、私はこの時期に少し焦っていたのではないかと思われることです。当時のことを思うと、罪悪感に苛まれて苦しくてなりません。

何故この病院を選んだか、それまで思いもよらなかった被害者絹子からの問いに、強く頭を叩かれたような気分になります。明解な回答が見つからないからです。

妻はT市内で救急入院し、二週間で必要な医療措置が終わり、全く心配ない状態になりました。病院の紹介によってリハビリ目的で自宅に近い公共医療施設に転院しました。この病院でも順調に回復して、退院間近になって急に勧められた検査を受け、その結果、動脈瘤が発見されて、そのまま手術を受けることになってしまったのです。これがこの病院を選んだ経緯です。

何故、別の病院を選択しなかったか。人を信じやすい性格だと、私はいつも家族から指摘されるように、病院の医師の言葉を信じて言われるがまま従ってしまう不用意な性格が、このような事態を招くことになってしまったのです。

もう一つのことは、平成十年十一月に妻の動脈瘤が見つかり、私たちが恐怖のどん底に落ちたような衝撃を受けたこの時期に、私は、愛媛大学農学部の助教授として招聘されることが決まっていました。翌年四月には、私は妻と共に愛媛大学へ赴任することを楽しみにしていました。私は内心、一刻も早く妻の身体が回復して、一緒に愛媛に行きたいという焦りがあったことは否定できません。このことが、繰り返し悔やまれます。私は、四月になれば愛媛大行きという焦りが、手術の同意を意識したのではないか。このことを繰り返し思い起こし、締め付けられてしまいそうな心境になるのです。

合併症のことなど、手術の危険性について説明を受けていたら、「待って下さい、少し考えさせて」と、手術の同意を避けることの選択もあったのではと今になって悔やまれます。

裁判のこと

前にも書きましたが、公務員だった私は、自分のことや家族のことで世の中に訴えることなど思いもよりませんでした。

「このことは重要な問題です。脳外科に関する専門家に相談して、病院側と話をしなさい」と、手術を一緒に担当した若い一人の医師のアドバイスが、訴訟に踏み切る決断をさせました。

私の脳裏には、驚きと悲しみが一度に襲いました。この手術は失敗だったと気づきました。それまで何故だろう、どうしたんだろう、まさか失敗では、などと思い悩んでいたとき、この医師からの言葉は、残酷にも思われました。

私たちは、悲しみを超えて、心苦しさを抑えて、証言して下さる医師を、最初は関東方面に求めました。この場合の医師は、開業医の先生では発言権がなく、勤務医の医師を探さなければならないことがわかり、ようやく関西で山口研一郎医師を見つけ鑑定意見書の作成をお願いしました。

裁判の日に私たちは、私が公務員時代に過ごした名古屋市三の丸の裁判所に行きました。開廷直前に、妻はトイレに行きたいと訴えたので、裁判所のトイレに車椅子の妻を連れて行きました。妻は身体が不自由のため健常者のようにはいきません。急いでもなかなか時間を要します。裁判官の皆さんもおそろいの中、少し遅れて席に着きました。私は、そのことがとても惨めに思えて胸がいっぱいにこみ上げてきて、今にも泣き出しそうになりました。

裁判では、私たちに多くのことを問われたりすることもなく、発言の機会はありませんでした。たとえ何かを問われたとしても、妻が十分答えることは難しく、「はい」「いいえ」と答える程度でした。

相手被告側の弁護士は、私に対して質問をしてきました。愛媛大に行く予定があったことについて、「学部は何学部か」と問われ、「農学部林学科です」と答えました。続いて、「選挙に立候補されたそうですね」と問われ、私は、「そんなことは関係ないでしょう」と言い返しましたが、とても不愉快な気持ちでした。

一方、被告の医師は、医療に関して雄弁に話し、手術前には私たちに十分な説明をしたと答えていました。「普段は無口であるが、一旦火が付くと止めどもなく話す」と、かつて大学で指導したことのある医師は、被告についてそのように言われていました。そのとおり、証言台の被告医師のその話しぶりは、気が狂ったかのようにも見えました。手術後、病院では口を塞いだまま応えようとしなかった被告医師の態度とは想像できません。立て板に水を流すが如くにしゃべりまくっていました。

証言台に立った場合は、泣き崩れるようにして訴えた方が有利なのだという噂を後から聞きました。しかし、私がそのような振る舞いをするはずがありません。裁判では、確かに泣き崩れるように取り乱さなかったことが不利だったような結果が出ました。

これが証明されたかのように、医師から脳動脈瘤が発見された説明を聞いた私は、

「驚かなかったことは、すでにそのことを知っていた（説明を聞いていた）と判断できる」という、ばかげた噂通りの判決には呆れてしまいます。さらに、「当時の知見では、やむを得ない」という判決理由についても、私は、医療過誤を争点とした訴訟をしたわけではありません。医療技術が高いとか、低いとかを争点としていて、当時のわが国の山村の医療現場における知見を云々するなら、理解できます。十分な説明がなされなかったことに対して、知見の程度が判決理由になるのは、いささか納得できることではありませんでした。

山村の医療について

平成の合併によって、地方の公共医療施設もその様相は変化しました。手術を受けた病院も、近年、所在地も変わり新しい病院のビルとなり、かつての古い建物はなくなりました。

病院の体制も、独立医療法人として大きく変化しました。当時、脳手術を受けて合併症に悩む複数の被害者も、高齢となりお亡くなりになりました。

過去に起きた医療過誤の対応も、その後、メンバーの更迭もあって病院関係者は入れ替わり、新しいスタッフによる様々な努力とご苦労の末、次第に整理されていったのだと伺いました。

私は、繰り返しますが、決して医師を誹謗中傷し、病院たたきのためにこの本を書こうとしたのではありません。

かけがえのない故郷において、私たちの頼みの綱である公共の医療機関が、人口減少によって今後、健全に維持し続けることができるかどうか。このことこそ私たちが考えなければならない喫緊の課題であり、そのことを喚起し、厳しい経験をしてきた者として将来に向けて私たちはどうあるべきかを訴えていきたいと考えるからです。

おかげさまで妻絹子も、現在は新しくなったこの公共医療機関で親切な対応を受け大変お世話になっています。絹子のこれまでの経緯をよくご存じの理事長先生（院長）からは、献身的な診療を受けています。心から感謝しています。

記憶はやがて忘れ去り、私たちは、何を経験し、何が問題で、今後何が求められるか。妻絹子に代わってこれまでの悲劇について記録し、多くの方々にこうした悲劇が生じないためにも、訴えていきたいと思います。

これまで、私たちが体験したことをみても、話にならないほど荒んだ公共医療施設の有り様は、医師と患者、病院運営者と患者やその家族の関係が大きく崩壊してきたことが第一に指摘されます。

私は、妻のことがあってから公共医療機関とそこに君臨する一部の医師や幹部について、最悪の印象を持つようになりました。

かつて林野庁職員として勤務していた頃の記憶を、時代が経過して時効となりましたが、妻の事件の当事者とその幹部に当たる方々に対し、責任ある医師として、また、国民全体の奉仕者として厳しく書きましょう。

山村においては、数少ない医療機関の医師は、患者の私たちにすれば、神にすがるほどの大きな存在でした。その病院に君臨する医師は、いつの間にか皇帝とまで呼ばれるようになって、絶対的な権限を持つほどでした。医療機関全体を管理しなければならない立場の幹部が、地方の名士に成り下がり、国の機関をはじめ行政との連絡調整の名目で、頻繁に会議などが繰り広げられました。

私が直面した体験では、当時、国の事業の安全衛生を推進するために管理医制度が設けられており、管理医を委嘱した地方の病院や医師に対して、連絡会議が持たれました。

その内容と言えば、年度が新しくなるごとに当番に選ばれた役所が、それぞれの機関の業務内容などの資料を用意して説明するのです。会議終了が夕刻の懇親会開催に合わせて計画されているのです。

第二部と称して宴会（食事）が開催されるのが通例で、宴会では目に余る医師の横暴ぶりがありました。二次会の宴席を当然のように用意させ、主催者である役所の担当者は、この要求に応えて酒場を予約します。

二次会の「ｂａｒ」では、中央の席に陣取った医師（主賓）を取り巻くようにホステスを従え、酔った勢いで「乳がん検査」を口述に女性たちの胸に触れ、隣に座った若い女性には「子宮がん検診」だと言って、嫌がるのを無理矢理に左手を股間に入れたまま、右手で水割りを飲むのです。周囲の者は目を背け、なすがままの格好で夜更けまで大騒ぎをするのです。「あの先生はいつもそうだから」と巷では評判となるほど、目に余る不謹慎な光景に直面したことがあります。

丁度この時期と重なる一九九九年三月頃から、この病院では医療機器を巡る架空取引で詐欺容疑が発覚し、二〇〇五年には、長年にわたって不正が行われて遂に逮捕者を出しました。

こうした不祥事は、一夜にして発生したものではなく、山村における管理経営の目が行き届かない乱れた公共医療機関において、いわば山村の「象牙の塔」と化した象徴的な出来事でした。

起こるべくして起きたお粗末な不祥事と、私の妻が被った重大な医療過誤の時期とが重なっており、偶然とは言いがたい事実として許されるものではありません。

私は、このような悲しい事実に遭遇して、妻絹子のような不幸な事象が再び繰り返されないように、多くの皆様に強く訴えなければならないと思います。

この本の題名は、闘病中に妻が繰り返し発した言葉です。妻の、「私の脳を返して」という悲痛な訴えは、今となってはどうにもなりません。悲しみ、苦しみ、そして医療過誤への憎しみを超えて、再発防止に努めなければならないと思うのです。その上で、今後、どうしたらよいか再発防止対策を講じ、健全な山村における公共医療施設とその運営について再構築の必要性を呼びかけます。

障害者とその家族の救済のこと

私の妻は、こうした重度の障害を抱えても、何の補償も得ていません。私が若い頃から、勤務した役所の弘済会がその事務を委託されていた保険会社と契約した生命保険の保険料を、退職後も払い続けていました。

妻がこのような障害を負ったことから、給付手続きを取りました。これ以上は書きようがないことまで、妻の病状や失われた機能などについて証明して下さったある医師の努力もその甲斐なく、保険会社は、給付には当たらないとの回答でした。未だにこのときの申請書類や保険会社の資料は残していますが、以来、保険は信じられなくなってすべてを解約してしまいました。保険会社は一切補償をせず、意見があれば第三者機関へでもどうぞという対応でした。

障害を抱えた私たちは、その後の生活は大変なものでした。私は、まだ年齢的に年金受給には届かず、働かなければ生活はできません。病気の妻を抱えて会社勤務するのは並大抵ではありません。介護、家事、その他一切を担って人より倍動かなければなりませんでした。

私は、妻を障害者として認定を受けることには悲しさや悔しさから大きな抵抗がありました。私の力で歩きたいという妻の強い思いがいとおしくて、回復の見込みがないことが一〇〇%確実となってからでも、親切なT病院の医師の勧めがあっても、障害者認定を拒みました。

一方、手術をした病院では、障害者認定どころか、妻のリハビリ意欲がないのだと言い張り「筋力を付けなさい」と厳しく指示があるのみでした。

「妻は、筋力は十分ありますが、欠落したのは平衡感覚です」

私は繰り返しそのことを執刀医に伝えるよう看護婦長さんにお願いしましたが届きませんでした。

別の病院で、診察に必要な手術当時の写真が必要と言われ、資料提供を願い出まし

たが県病院であることから個人情報保護を盾に拒まれ、やむなく情報公開条例に基づく資料請求手続きを経てようやく提供を受けました。しかし、その資料の中には、最も重要な手術直後の写真は欠落していました。

動けなくなった妻は、自宅で、猛烈に読書をして悲しみに耐え、テレビを見て気を紛らわしていました。

妻は、残念ですが座っていても身体が傾いてしまって椅子から落ちてしまいそうになります。コップの水さえこぼれてしまって飲むことができません。給水はすべて、山から汲んできた天然水をペットボトルに入れて冷蔵庫に保管し、これを飲ませました。

午前、午後にそれぞれ一時間、ヘルパーさんの介護と、週二回の看護師さんの訪問看護をお願いしましたが、ヘルパーさんが不足し、一日二回の介護は受けられませんでした。身体が硬直するので親しい鍼灸師さんに時々訪問治療を受けるようにしました。

私が中国などへ出張する際は、ショートステイを受けようと市内の介護施設を漁りました。

介護施設の少ない山村では、簡単にサービスを受けることすらできません。満員のため空き施設はなかなか見つからないのです。出張日程を変えられず、空き施設が見つからなくて、いよいよ行き詰まったときは、骨折させて病院に入れようなどと、悪魔も思い付かない恐ろしいことさえ思ったりしました。

術後の回復が思わしくない理由は、血管が、年齢以上にぼろぼろで老化しているなど、手術とはおおよそ関係がないことまで手当たり次第に指摘されました。それでも妻を再発させてはならないと、食事には気を遣いました。減塩はもとより、すべて身体に配慮した私の手料理を用意しました。医師から家庭での生活の指摘を受けないよう、毎日のお弁当は、写真を撮って記録しました。私が、何らかの都合で予定時間に戻れなくなった場合を想定して、妻の手の届きそうな場所に、飲み物や食べ物も用意しました。

介護用品は、外出用と室内用の車椅子を用意し、医療品店やネットで必要なものを探し、失禁をフォローするために、パッドや紙おむつも長時間漏れることがなく、できる限り快適なものを試したりしました。

住宅も、可能な限り改修整備し、それでも不足するものはレンタルでそろえました。部屋の暖房施設も、ストーブからエアコンや床暖房に変えて、妻が万一転倒しても危険のないようにしました。

そして二十年が経過し、妻も私も高齢になりました。この間、妻の機能は多少回復した時期もありましたが、今では加齢と共に、私の介護が難しくなるほど重症の身体になりました。私の体力も自信がなくなってきました。

手術を受けて、小脳に梗塞が起きて動けない身体になりましたが、それでもいつかは回復して元の身体になることを信じて、不安を抱えながら闘病生活を続けてきました。

回復が思わしくなくて不安に駆られていた矢先に、「重要な問題であり、病院と話し合いをするように」と、手術に立ち会った医師からアドバイスを受け、裁判もしました。保険会社からも一切の給付を受けられず、私たちは、それでもこの二十年を生きてきました。今から考えれば、妻と介護人の私は、何故、これほどの不幸を被らなければならなかったのでしょう。

公務員であった私と、それを支えてくれた妻が、郷里に帰って年老いた母と共に平凡な暮らしを夢見てきた矢先に、この不幸を抱えたのは何故でしょうか。私たちが何をしたというのでしょう。こうした厳しい制裁を受けなければならないのはどうしてでしょうか。今でも繰り返しそのことを悔やみます。

私たちは、繰り返し申し上げます。今になって決して医師を誹謗・中傷する気はありません。病院を恨むこともしません。そして、甘んじて裁判の判決も飲み込みましょう。二十年間の辛苦も耐えてきました。

しかし、依然として重度障害を抱えた患者絹子は存在します。生きています。自分の人生を、大切にしてきた夢を捨てて、それでもなお障害者として生き続けている妻を、支える手立てはないものでしょうか。

医療と医療施設について

この地域にとって、医療施設は十分と言えるのでしょうか。介護施設は安心して利用できるのでしょうか。

日本の山村においては、私たちが住む村と同様の地域が多く存在し、人口減少と共に、今後ますますこのような地域は増えるでしょう。

医療機関は、少人数の医師であるため、病状によっては対応が困難だとして、都市部などの病院に搬送を余儀なくされることが頻繁に起きています。

休日すら休むことのできない勤務実態の医師が、それでも救急患者が出れば対応せざるを得ません。休む間もなく勤務しても、患者は、過剰なほど医師への期待を持ちます。その患者に対して、尽くせるだけの医療処置をしても、決して満足が得られない実態も理解しなければなりません。今は元気であっても、いつかはお世話にならなければならない、この医療の実態を理解しなければなりません。

患者も医師も、これほど辛い思いをしなければならない山村の医療の実態をどのように改善し、維持できるのでしょうか。

私は、妻がこれまで受けてきた医療の厳しい経験を踏まえ、将来、どれほど医学が進歩し、医療技術が高くなっても、妻が受けてしまったような医療ミスは避けられないのではと思い不安になります。

それは、患者である私たち一人ひとりが異なる遺伝子を持ち、異なった身体で誕生し、生長過程も生活習慣も様々であり、当然、体力も、気力も違います。これが、ひとたび病気となればその治療方法や投薬の効果も異なるのは当たり前のことです。

こうした最も不確定な要件を持つ人間の身体に施す医療行為には「標準的措置」やマニュアルは生まれないでしょう。医療行為こそ不確定なことは他にはないと思うのです。

それなのに、私は失敗したことがないなどと言って、最後の手段ともいえる手術を強要し、強引に手術を行ってしまう医師の傲慢さは決して許されるものではありません。医師の過信こそ大きな危険性を持っているのだと思います。

万一、不幸にして妻のような結果が生じたとしても、患者の症状から想定できる処置方法を検討して、最も好ましいと考えられる手段を選択するとなれば、双方共に一定の理解と納得ができるものと思います。

これこそ、医師と患者の信頼関係によって生まれる合意だと思います。

このような関係性を確保できる医師と公共の医療施設を、地域住民と公共の医療施設を運営する行政と、そこに勤務する医師と医療関係者によって創り上げていくことが必要だと思います。

絹子作品集

作品写真集によせて

この本の、最初のページ「セーターの思い出」に書いたセーターは、今はもうありませんが、妻絹子が脳手術を受ける前の元気な時期に、趣味として編んだ自分用のカーディガンやセーターと、私のために編んでくれた作品の一部の写真を掲載しました。

また、絹子は、いくつかのフランス刺繍も手がけ、まさにこれからという時期に、手編みや刺繍ができない体になってしまいました。

彼女は、和裁は早くから教室に通ったそうですが、編み物と刺繍は独学のようです。元来、細やかなことが得意だった彼女は、そのどちらをとっても上達は早く、みるみるうちに腕を上げたと言われます。

毎月、月の初めに発刊される雑誌「毛糸だま」（日本ヴォーグ社）は、彼女の好奇心をかき立て、挑戦する材料として好んで集めていました。今でもその雑誌には、仕上げたもの、また、挑戦しようとするものが掲載されたページには、付箋が残されています。

現在、ほとんどのことが理解できなくなってしまった彼女は、それでも、この雑誌に掲載された作品のどのページを指しても「私はできますよ」と答えます。

これほど時間が経過しても、彼女が、手編みに対する強い執念と気概を持ち続けていることが窺えます。

編みかけのセーターが、入院したときのそのままになっていて、傍らには苦労して買い求めた新しい何種類もの毛糸で彼女の部屋は埋め尽くされています。

中断したままの刺繍も、妻の帰りを待っているかのように写ります。

彼女は今、本誌に書いた糸地獄ならぬ「糸天国」とも言える彼女の部屋を離れ、施設での生活を余儀なくされています。どんな思いに打ちひしがれているのでしょう。

痛恨の極みです。動かなくなり、ぎゅっと固く握りしめたままの左手と、この二十年間、必死に障害のある身体を支えるために耐え抜いてきた皺だらけの右手を見ると、痛ましいできごとからの道のりの厳しさが窺いしれます。

痛ましいその両手を、やさしくなでてやりたい気持ちになります。

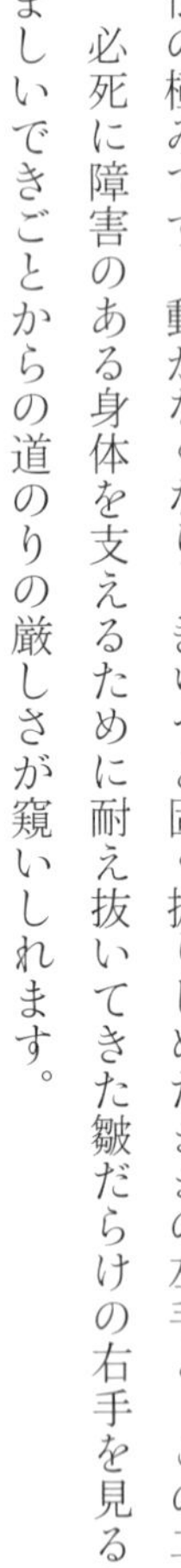

少女のテーブルクロス

四季の花々の屏風

花のタンスの引き出し（表板）

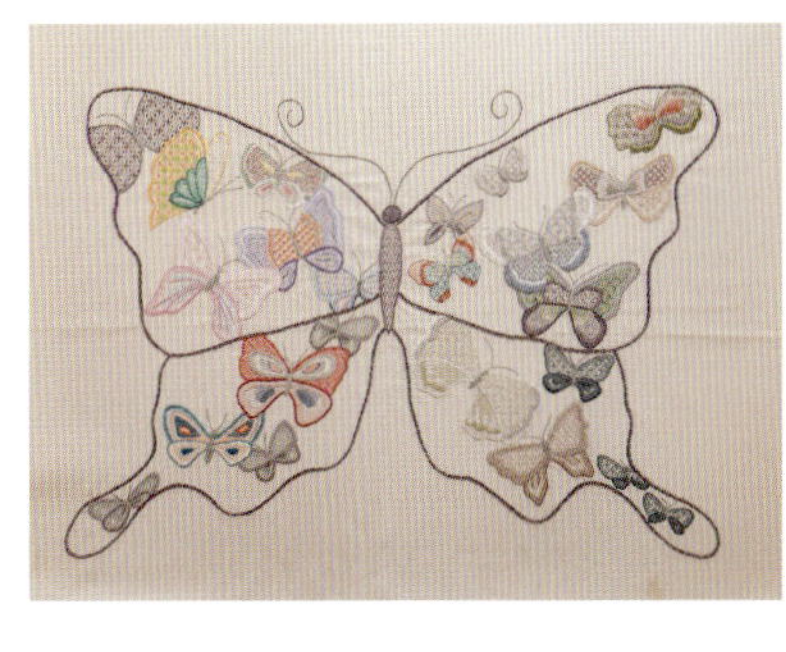

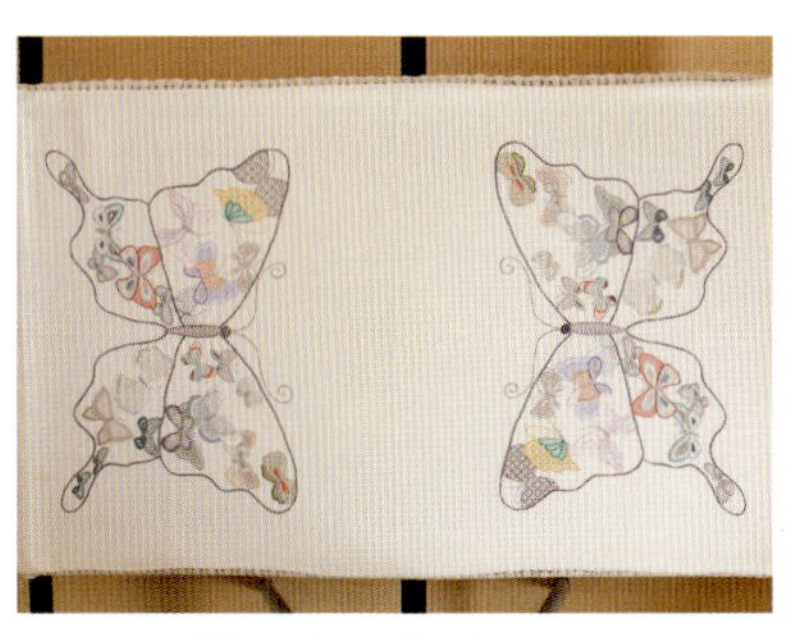

蝶のテーブルクロス

花の衝立

薔薇の椅子カバー

額絵

高砂の掛け軸

手編みのセーター
カーディガン
ベスト

妻との写真に思うこと

本書を出版するにあたって出版社から「絹子様との写真はよろしいのですか?」と聞かれました。

正直、私は迷っていました。

というのも、前述の通り、あの忌まわしい手術により、病気になってから彼女の顔も体も歪んでしまったからです。おしゃれであった彼女が、もし掲載されたのを知ったら何と言うだろう……。そんなことを考えました。

そこで、苦しく、つらい闘病生活の中で、少しでも彼女の顔に笑みが浮かんでいる写真を選んでみました。

2006年　東京にて

2007年　我が家の庭にて

2008年　スカイツリーで

2010年　鳥取にて

2013年　河口湖のホテルにて

2014年　時間をかけておしゃれをして買い物に出掛ける前

2014年　クリスマスで華やかな東京表参道にて自撮りに挑戦

誰かにあげるつもりだったのか
小さなカーディガンがあった

おわりに

私は、この二十年を振り返って、とても苦しい日を送ってきました。絶えがたい悲しみに打ちひしがれてきました。一時期は、医師も病院も信じられなくなりました。正直に言って、逃げ回る執刀医に対して復讐し、妻と同じような身体にしてやろうと犯罪を覚悟したことさえありました。これは、私の恐ろしい心との葛藤でした。

手術を受けた直後は、回復が遅い妻に少しでも良くなる治療を施して欲しいという一心で、医師への面接を求めました。不安な気持ちが抑えられなくて、何度も何度もお願いしましたが、忙しい、出張中などの理由で面会していただけませんでした。その後、病院を追われるように退院してからは、主治医も別の医師に変わり、私たちを避けていることが明確になってきました。

この手術には何か良くない原因がある、医療過誤があると、疑うようになりました。

訴訟を起こしてからは、当然なことですが、主治医が私たちに会うようなことは期

待できるはずがありません。裁判が結審し敗訴となってから、私たちは、せめて妻の脳がどのような状態になっているのか、今後必要な医療措置について、最も詳しいはずの主治医から、医師としての指導や指示をして欲しいと思いました。

二個あるとされた脳動脈瘤が、もう一個そのまま残されており、いわば妻の脳は工事中です。質問したいことばかりが残っていました。

医師宛に手紙も書きました。転院された先の病院も訪ねました。しかし、一度もお目にかかることはできませんでした。代理だという事務長さんからは、医師には絶対会うことはできないことを伝えられました。質問には一切答えは返ってきませんでした。

私は、あれほど恨み、憎んだ医師が、次第に気の毒に思えるようになりました。この医師をよくご存じの先輩医師によれば、「気が小さくて臆病者」だと伺いました。妻に対して「ごめんなさい」と一言を言って欲しいと思っていましたが、次第にあきらめに変わりました。

あれほど傲慢で大胆で横暴な皇帝とまで言われた医師が、虫も殺さぬ小心者に成り下がったとは想像も付きません。しかし、医師といえども人間なのでしょう。私たちが奈落の底に落ちていったように、この医師もひとたび我に返れば、弱い一面があったのでしょう。

私たちが、一旦壊れてしまった脳が再び元気に働くことがないことに気づき、これまで抱き続けてきた夢を諦めた頃になって、脳の映像が鮮明に見える新しい機械が入って、皮肉にも絹子の手術の実態が明らかになってきました。

顕著な脳動脈瘤は存在しなかったこと、そして、クリッピング手術において、健全な別の血管を金具で挟んで血流を遮断してしまったこと。その結果、小脳に梗塞が発生し多くの障害を背負ってしまったことが明確になりました。

そのことが判明した絹子の心境を私たちはどれほどわかってやれるでしょうか。多くを失った彼女の身体と、心の深い傷は、これまでよりさらに深く暗い谷底へ真っ逆さまに落ちていくようなものでしょう。

以来、彼女は、無気力、無関心な人間になってしまいました。あれほど好きだった本も、新聞も読まなくなりました。テレビも観なくなり、只一点を注視するだけとな

りました。同様に私も一度に老化が進みました。

私たちは、今後残された寿命をどのように生きていけば良いのか。僅かに残る気力は、消滅しそうな山村の将来について、何かできることはないかと考えます。

今後、これ以上に山村の衰退が進めば、医療が成り立つことはありません。これまで以上に医師と患者の信頼関係はなくなってしまいます。

もしも今後、医師の思い上がりや過信があった場合でも、少人数の医師と看護婦ではこれまで以上に防ぐことは難しくなります。

一方、患者である私たちは、どうあるべきでしょうか。そのことをもう一度考えなければなりません。

この本の執筆に当たって、次々と脳裏に浮かぶことは、恨み辛みのようなことばかりで、本来の目的とは異なる文字がパソコンのデスクトップを覆ってしまいました。長い年月が経過して、妻は日常のことさえ理解できない状況になりました。この上さらに、私たちが何かを医師や病院に突きつけることはないでしょう。

妻が歩んできたこれまでの二十年間を、記憶として残すだけでは、忘れ去ってしまいます。良きも悪しきもここまで生きてきたことを放置すれば、消えてしまいます。

妻は、身体こそ動きませんが、私の原稿をチェックしたり、相談相手になってくれたりしました。仕事や出張で出かける私の帰りを待ち続けてくれました。全く何もできなかったと言えば、それは違います。

私は、愛媛大学で林学の教鞭を執るチャンスこそ断念しましたが、民間人として会社の皆さんの支援を得て元気に勤務を続けてきました。中国における砂漠化防止のための日中緑化事業も、二十年間にわたって技術指導を続けてきました。いくつかのNPO活動も立ち上げてきました。介護の傍らとはいえ、こうした活動を躊躇せず続けられたのも、妻が自宅で必死に頑張っていてくれたからできたことです。妻には申し訳ないことですが、私の人生は、豊かだったとは言えませんが、決して不幸であったとは思いません。

苦しみを超えて、妻が生き続けていてくれたことが、私の最大の幸せだったと思います。

人生の終盤に当たって、妻と私はとても素敵なことがありました。救いの手が延べ

られたような思いになりました。

妻が施設に入所することになって、それまで丈夫で自慢だった彼女の歯が、急激に虫歯になっていることに気づきました。入所前に治療をしておこうとかかりつけの歯科医院に連れて行きました。妻の歯は、全面的にダメージを受けており、この歯科医では治療困難で、大きな病院を紹介していただくこととなりました。何と病院では、すべての歯の治療が必要で数回の治療が必要だと言われました。

私は、自宅から三時間を要して重度障害者の妻を連れてきたこと、施設への入所を予定していることを伝え、二人の歯科医師さんは、頭を抱え込んでしまわれました。

そして、二人の医師が検討された結果、「頑張ってみましょう」と言って治療が開始され、長時間を要しましたが、病院に他の患者さんがいなくなってしまった頃、ようやく治療室から車椅子の妻が出てきました。若い歯科医師さんが、四本の抜歯と六本の治療を施したと言われ、私と妻に「頑張りましたね」と明るい笑顔で声をかけて下さいました。

頑張ったのは私たちではなく、この二人の若い歯科医師さんでした。私たちは大きな満足感に浸りながら、暗くなった帰路を急ぎました。

「捨てる神があれば拾う神がある」とは昔のことわざです。身体が不自由なうえ、状況が理解できなくなった妻を、それでも親切・丁寧に、そして常識を越えるほどの厳しい歯科治療を、長時間をかけてその日のうちに処置して下さったのです。

「都合の良い日に、洗浄に来てね」

二人の若い歯科医師さんの心意気は、これまで二十年間、すさんでしまっていた私たちの医師や病院に対するこれまでの認識を大きく変え、求め続けていた心温まる希覯となりました。

これもまた奇遇です。この本の執筆を終えようとしているとき、お産で里帰りしていた隣の若い奥さんが、女の赤ちゃんを抱いて帰ってきました。胸に抱かれた赤ちゃんは四ヶ月、私を見るなりにこにこと上機嫌な顔をしてくれました。

おそらく、高齢化が進む村内での赤ちゃんの誕生は、この子只一人だけでしょう。

「当分は、再び郷里で過ごします」

田舎の学校の教師である彼女は、そう話してくれました。

私は、妻の闘病期間を失われた二十年と自分で決めつけていました。いま、これまでを振り返り、執筆原稿が最終ページとなって、ほっとした気分になりました。

赤ちゃんが笑ってくれたせいかも知れませんが、必ずしも失われた二十年ではなく、それでも二十年だと思うようになりました。

再び、地域活動を始めようと思うようになりました。

この本に載せようと、専門のカメラマンに依頼して、妻の手編みや刺繍の作品を写真に撮りました。できあがってきたデータを、タブレットに入れて、仕事帰りに施設に入居している妻に見せました。

妻は、自分の作品の写真を見て、「嬉しい」と、繰り返し言いました。妻は入所して一層状況判断ができなくなりましたが、反面、次第に施設の生活に慣れ、少しずつ元気を取り戻しているかのように見えて、私も気が楽になりました。同時に私自身も、自分の時間が増えてきました。

人間は世の中のために、人々の役に立つために生きるものと言われるように、もう一度、若い頃、妻と話していたことを、世の中の役に立つことをやろうと思うようになりました。この本が皆さんに届く頃までには、また新しい地域づくりの組織を立ち上げようと思っています。

最後になりましたが、私は、林野庁を退職し、これまで二十年間、株式会社中島工務店に勤務させていただきました。中島紀于社長さんをはじめ、社員の皆様方に多大な迷惑をおかけし、温かい支援をしていただきました。そのおかげで今日まで、介護の傍ら会社勤務をさせていただきました。心から深く感謝申し上げます。私は、この会社に就職させていただいて大変幸せでした。

ここに、多くの皆様方からいただいたご支援やご協力に感謝し、筆を置きます。ありがとうございました。

二〇一九年十月

著者プロフィール

中川 護（なかがわ まもる）

株式会社中島工務店　総合研究所長、職業能力開発校木匠塾　事務局長。

1942年、岐阜県下呂市生まれ。

1965年、名古屋営林局（現中部森林管理局名古屋事務所）計画課に入庁。若い時代には、国有林の森林調査のため自分の足で歩き、主として国有林の長期計画樹立を担当。この間、業務の傍ら林学、森林経理学等を独学し、森林の伐採方法を「皆伐から択伐」に転換するなど、生産重視の効率的な森林の取り扱いから森林の持つ公益的機能を生かす森林経営への転換に取り組む。

1993年 4 月以降付知営林署長、名古屋営林支局森林活用課長を歴任し、1997年 8 月に林野庁を退職。その後、株式会社中島工務店総合研究所長として勤務し、2001年 4 月木造建築のスペシャリストを養成する職業能力開発校「木匠塾」を設立、同法人の事務局長を兼任し現在に至る。

既刊書に『よみがえれ、ふるさとの森林　林業再生の森林づくり』（2014年　文芸社刊）がある。

私の脳を返して

2019年12月15日　初版第１刷発行

著　者　中川 護
発行者　瓜谷 綱延
発行所　株式会社文芸社
〒160-0022　東京都新宿区新宿1－10－1
電話　03-5369-3060（代表）
03-5369-2299（販売）

印刷所　株式会社フクイン

ISBN978-4-286-20898-5